JN306516

悪《あく》魔《ま》侯《こう》爵《しゃく》と白《しろ》兎《うさ》伯《はく》爵《しゃく》

妃《ひめ》川《かわ》 螢《はんな》

ILLUSTRATION：古《ふる》澤《さわ》エノ

悪魔侯爵と白兎伯爵

LYNX ROMANCE

CONTENTS

悪魔侯爵と白兎伯爵

彼方《かなた》に臨むとんがった黒い山並みと、常に月の浮かぶ藍色《あいいろ》の空。

凍《い》てつく氷の森と赤い血の沸き立つ泉、ドクロの砂漠。

人間界とは次元を別にする、ここは悪魔界。

人間の想像力が生み出した、実にわかりやすい魔界の風景そのままに、コウモリの舞う空はときに赤く染まり、ときに雷光を轟《とどろ》かせる。

そんな悪魔界のとあるところに、堂々たる姿でそびえる館《やかた》がひとつ。

貴族と呼ばれる上級悪魔の館の証《あかし》である高い塔には、オッドアイも美しい、伯爵位を持つ悪魔が棲《す》むという。

悪魔侯爵と白兎伯爵

人の時間では計れぬ世界の、荒唐無稽《こうとうむけい》な物語はいかが？

1

藍色の空に赤い月が浮かぶ魔界の夜。

銀色の森には魔獣たちのさざめき。

魔の力の満ちる満月には、魔界の住人たちは狩りに繰り出す。上級悪魔も下級悪魔も、本能のままに食らう魔獣たちも。

魔界の森のそこかしこで狩る者と狩られる者との攻防が繰り返されている。

魔界の秩序は力がすべてだ。下克上などはありえない。力ある者がすべてを手にする。

下草の陰で、長い耳を引きずった羽根兎《はねうさぎ》が跳ねる。ひたすら可愛《かわい》い以外になんの力も持たない小型の魔界獣だ。

直後、涎《よだれ》を垂らした肉食大青虫《おおあおむし》の大きな口に、羽根兎が消える。悲鳴も上がらない。

森の掃除屋と呼ばれる下級魔獣の登場に驚いて、草陰に隠れていた羽根兎の群れが一斉に逃げ出した。身を守る術《すべ》を持たない羽根兎が、森の奥深くに入り込むことはあまりないのだが、この群れは何を間違ったか、森に棲み着いているらしい。

四方に散ればいいものを、群れで動くからいい餌食《えじき》だ。巨大な肉食大青虫が、ウキウキとそれを追いかけていく。

だが、いくらも追いかけないうちに、なんの前触れもなく、その背にスパッと閃光《せんこう》が走った。ぎゃぁぁ……っ！　と悲鳴を上げて、肉食大青虫が塵《ちり》と消える。

狩る者と狩られる者の攻防に口を差し挟むなど、いったいどこの酔狂者かと、密《ひそ》かに様子をうかがう森の住人たちが息を呑《の》む。

そこへ、スタッと小さくて黒い影が、俊敏な動きで降り立った。

鋭い爪《つめ》をいかにも嫌そうにひと振りして納め、草陰から顔を覗《のぞ》かせる羽根兎に、鋭い一瞥《いちべつ》を投げる。

「なんの力も持たないくせに、森に入り込んだりするからだ」

口調だけは威厳たっぷりだった。

バカめ……と羽根兎たちを睥睨《へいげい》する、鋭い爪の持ち主も、しかし羽根兎と変わらないくらいに小さかった。

羽根兎たちが、きょとり…と首を傾《かし》げる。小憎らしいほどに愛らしい。

羽根兎の群れを肉食大青虫から救ったのは、仔猫《こねこ》……いや、真っ黒でつやつやな毛並みの仔豹《ひょう》だった。左右、違う目の色をしている。左が青で右が金だ。

小さいながら、肉食大青虫を爪の一撃で葬った仔豹は、真っ赤な月を見上げて耳をピクピク、ヒゲをぷるぷる、尻尾《しっぽ》をぴーんっ。

胸に戴く青色の宝石に、月の魔力をめいっぱい浴びると、全身に力がみなぎってくるのを感じる。ふわふわの黒毛が逆立って、仔豹はまるで丸い毛玉。ただ四肢の大きさだけが、ただの下級魔獣などではないことを物語っている。何より、胸に戴く宝石。

「きゅいきゅい」

仔豹のまわりに、羽根兎が集まってくる。まったく警戒心のかけらもない様子をみて、愛らしい仔豹は眉根《まゆね》を寄せた。

「おい、食うぞ」

牙《きば》を剝《む》いて威嚇《いかく》するも、真っ赤な口にちまっと生えた牙は、羽根兎に負けず劣らず愛らしいばかりだ。

「きゅい」

ひたすら可愛い以外になんの役にも立たないと言われる羽根兎は、助けられたと思ったのか、仔豹の鼻先をくんくん。

もふもふ羽根兎に囲まれて、仔豹は悪い気はしなかった。

サイズはたいして違わなくても、自分と羽根兎との間には歴然とした力の差がある。懐いてくるのなら、無碍《むげ》にすることもない。

「ふん。私《わたし》のベッドにしてやる。光栄に思え」

その代わりに、今宵《こよい》一晩、下級魔獣から守ってやってもいい。

ふわふわ真っ黒な羽根兎たちを従えた、こちらもふわふわ真っ黒な仔豹は、満足げな顔でもこもこ毛皮に埋もれた。

満月の夜は、力の渦巻く森で過ごすだけで全身に魔力が満ちてくる。魔界に生を受けて間もない仔豹も、本能的にそれを知っていた。

そして同時に、自分が狩る立場にあることも。

今は幼くとも、すぐに大きな力を手に入れる。いずれは貴族と呼ばれる上級悪魔になることは、生まれたときから決められている運命なのだ。

だから自分には、狩るだけでなく、力弱き者を守る義務もある。無情なばかりが悪魔界ではない。

そのときだった。

銀の森の上空を横切る大きな影。森に息づく魔獣たちが、途端に騒ぎはじめる。

尋常ではない気配。

仔豹が何事かと顔を上げる。

視界を閃光が過《よぎ》って、次の瞬間には、仔豹の小さな軀《からだ》は藍色の空高く舞い上がっていた。

「な……っ!?」

大きな鉤爪《かぎつめ》に捕らわれていると理解するより早く、あっという間に森の奥深くに連れられ、氷の水面をたたえる湖の畔《ほとり》に放《ほう》られる。

「みぎゃっ」

悲鳴を上げて、銀色に輝く下草の上をころころと転がった。湖に転げ落ちる寸前でかろうじて止まる。

下草に埋もれた小さな軀を起こして、ぷるるっと埃《ほこり》を払う。

そのときになってようやく、銀の森の上空に現れた何者かによって連れ去られ、放り捨てられたのだと気づいた。

「無礼者!」

相手を確認するより早く、条件反射で文句が口をつく。

だが、羽根兎相手にはかろうじて通用したものの、実は舌ったらずな仔豹の高い声には、かけらの威厳もなかった。

ふーっ! と威嚇する視界をおおう大きな大きな影。それを追うように顔を上げた仔豹の左右違う色の目が大きく見開かれる。

バサリ……と羽根音をたてて降り立ったのは巨大な鷲《わし》だった。大型魔獣をも一撃で引き裂く鋭い鉤爪、尖った嘴《くちばし》、そして銀色に輝く飾り羽根。広げられた翼は魔のエネルギーをまとって、紅蓮《ぐれん》の炎が燃え上がっているかのようにも見える。

「……上級悪魔……」

仔豹が呟《つぶや》く。

胸に貴族と呼ばれる上級悪魔の証である大きな宝石を戴く大鷲《おおわし》が、草の上に転がった仔豹をしげしげと見つめることしばし、何かを確認するかのように嘴の先で仔豹の小さな頭をつんっ！　下草の上に転がったところで、柔らかそうな腹毛を嘴でうりうりっ！　と擽《くすぐ》る。

「うにゃにゃにゃにゃっ」

仔豹は四肢をばたつかせて悲鳴を上げた。

「や、やめ……っ」

ひとしきり仔豹を擽って満足したのか、大鷲はようやくその変化を解いた。

またもざわり……と森が揺れる。

下草の上にへたり込んでいた仔豹は、金と青の瞳《ひとみ》を見開いて、大きな存在を見上げた。

ゆるくウェーブした漆黒の髪に赤い瞳。金銀細工の施された衣装をまとった、紛れもない上級悪魔だった。それもかなりの高位であることがうかがえる。

睨《にら》み据えられているわけではないのに、仔豹は動けなかった。大貴族のエネルギーに当てられてしまったのだ。

一方の上級悪魔はというと、足下に転がる小さな存在に視線を落とし、真っ赤な瞳を興味深げに瞬《まばた》いた。

「黒猫族かと思ったら……豹か？」

甘さの奥に酷薄さを感じさせる声だった。動けなくなっていた仔豹の首根っこを摘《つま》んでひょいっと顔の高さまで持ち上げ、「子どもじゃないか」と呟く。

顔の前にぷらんっと吊《つる》された仔豹は、腰を抜かしたことを悟られまいとでもするかのように、気丈に言葉を返した。

「猫ではない！　上級悪魔だ！　黒豹だ！」

牙を剝いて訴える。小さな小さな牙だ。

貴族に執事として仕えることを生業とする黒猫族と間違われるなど、なんたる屈辱！「放せ！」と四肢をじたじたさせるものの、黒猫族と同じく首根っこを摘まれたら、もうダメだった。しかも相手は貴族だ。太刀打ちできない。

しばらく暴れたものの、まったく相手にならなくて、ぜぇぜぇと息を切らして四肢をぐったりと投げ出した。

「生まれたばっかりのくせして、威勢がいいな」

赤い目をした貴族が、愉快そうに言う。

「バカにするなっ」

余裕たっぷりの上級悪魔に対して、仔豹は必死だった。当然だ。羽根兎のようになんの力も持たない小型魔獣であれば貴族に狩りの対象にされることもないが、仔豹は力を持っている。けれど、目の前の貴族には遠く及ばない。

生まれたばかりで食われるなんて嫌だ。けれど、そうして消える新たな命は多い。悪魔は混沌《こんとん》から生まれるけれど、生き残れるかどうかは、持って生まれた能力と運とにかかっている。生き抜いた者だけが、貴族と呼ばれる上級悪魔の位を与えられるのだ。

「ほぉ……オッドアイか。……綺麗《きれい》だな」

仔豹の瞳の色が左右違うことに気づいた貴族が、興味深げに目を細める。

「……？」

仔豹は大きな瞳をぱちくりさせた。

「きれい……？」

生まれてはじめてかけられた言葉だった。

ある夜、気づいたら魔界樹の根本で満月を見上げていた。ひとりきりだった。その瞬間から、魔界での生存競争がはじまっていた。

狩るのは本能だ。そうして力を蓄え、生まれ持った魔力に見合う容貌《ようぼう》へと成長する。

魔力が強ければ強いほど、悪魔は美しい。

だが、生まれて間もない仔豹には、狩りの本能はあっても、その目的まで理解できてはいなかった。

美しく強い悪魔になるために、鋭い爪も牙も与えられているのだ。

「育てば美人になりそうだ。……今はチビスケだが」

仔豹を観察して、貴族が愉快そうに言う。

「なかなか立派じゃないか」

仔豹の胸元の宝石を指先に掬《すく》い取り、その色艶《つや》を確かめる。生まれたときから胸に戴く宝石が特別なものであることはわかっても、ほかと比べたことのなかった仔豹は、小首を傾げてその言葉を聞いた。

愛らしい仕草だが、本人にその自覚はない。

「名はなんという？」

「……」

訊《き》かれて黙った。

金と青の大きな瞳で大悪魔をじっと見据える。赤い瞳が眇《すが》められた。

「反抗的だな」

咎《とが》める言葉とはうらはらに、愉快そうな声音だった。

「貴様が先に名乗れ！」

仔豹がピンク色の口を開けて吠《ほ》える。愛らしい牙が覗いた。

仔豹の首根っこを摑《つか》んだ上級貴族は、ふむ……と考えるそぶりを見せたあと、仔豹の腹に手をのばす。

「にゃははははっ」

長い指に擽られて、仔豹は小さな軀を捩《よじ》った。長い尾を丸め、四肢をじたじたとバタつかせる。

「やっぱり猫か？」

悪魔貴族が、揶揄《からか》うように言った。

「ち、違うっ」

大きな目に涙を浮かべながらも気丈に返す。その反応が、大悪魔の悪戯心《いたずら》をますます擽った。

「ふにゃにゃにゃにゃっ」

大悪魔の片掌《てのひら》の上でウリウリと撫《な》でられ擽られて、なんとか逃れようと暴れるものの、魔力を使うこともままならず、非力な羽根兎のように撫でられているよりはかない。

――く、屈辱……っ！

指の長い綺麗な手にぐりぐりと撫でられながら、仔豹はギリギリと牙を鳴らした。

いくら相手が上級悪魔といえど、こんなふうにおちょくられるいわれはない……！

「く……っ」

つぶらな金と青の瞳を屈辱に揺らして悪魔貴族を仰ぎ見る。反抗的である一方、嗜虐心《しぎゃくしん》を煽る仕種《しぐさ》でもあった。

赤い瞳の貴族が、愉快気に口角を上げる。そして、撫る手を止め、仔豹を片手に抱いた。息を切らせた仔豹はぐったりと、抵抗の気力もない。だが、つづく言葉に全身を硬直させた。

「私はヒース・ノイエンドルフ侯爵だ」

大鷲に変化することからも、それなりの地位にある貴族だろうとアテをつけてはいたものの、口にされたのはよもやな位階だった。

「こ、侯爵……」

仔豹がサーッと青くなる。

侯爵といったら、魔界のナンバースリー。大魔王さまと、その右腕であり次代大魔王の呼び声も高い公爵につづく位だ。

が、気丈にも、仔豹は大貴族を必死に睨み据える。愛らしい金と青の瞳に見据えられた悪魔侯爵は、くくっと喉《のど》を鳴らして笑った。

侯爵にとっては、生まれたばかりの仔豹など、指先でひねり潰せる程度の雑魚《ざこ》に違いない。一方で

仔豹には、それでもいずれ貴族となるべくプライドがあった。

「貴族に食われないように気をつけろ、仔猫ちゃん」

揶揄《やゆ》の言葉が耳朶《じだ》を震わせる。かすめ取るような口づけが、仔豹のピンク色の口にちゅっと落とされた。

唖然呆然《あぜんぼうぜん》とそれを受け取って、仔豹はじわじわと全身を朱に染める。黒毛におおわれていても、それは顕著だった。

「猫ではないっ！」

がおーっ！　と吠えたところで、迫力もなにもない。可愛いばかりだ。

上級悪魔相手では、いずれ美しい黒豹へと変化を遂げる彼も、今はふわふわな羽根兎とたいしてかわらない存在でしかなかった。

「貴族になれたら、遊んでやる」

せいぜいがんばれ……と、下草に放られる。

「みぎゃっ」

ころんっと、転がって、屈辱に震えながら体勢を立て直す。だが、小さくてもそれなりに強力な爪を揮《ふる》う間もなかった。

「……っ!?」

上空に舞い上がった大鷲は、羽根のひと振りで姿を消した。それと同時に、上級悪魔の圧倒的な存在感も消えている。

「ノイエンドルフ侯爵……」

呆然と教えられた名を呟く。

貴族がわざわざ名乗ったことの意味に気づけるほど、仔豹はまだ悪魔界のあれこれに通じていなかった。それが特別なことだと気づけないままに、藍色の空に向かって牙を剝《む》く。

「おぼえてろーっ！」

うにゃぁあぁ……っ！　と、小さな牙の生えた口をめいっぱい開けて吠える……ものの、銀の森を闊歩《かっぽ》する魔獣たちの雄叫びにかき消され、空には届かない。当然、飛び去った悪魔侯爵が、再び姿を現すことはなかった。

ややして、草陰から顔を覗かせた羽根兎たちが、ぴょこぴょこと集まってきて、屈辱に震える仔豹を慰めるかのように周囲を囲む。

「おまえたち……」

力ある者は、力の差が歴然としている相手を狩らない。だから、自分たちが仔豹に狩られることはないと羽根兎たちはわかっている。つまりは仔豹の力を認めているのだ。

「館をもてるようになったら飼ってやるから、それまで待っていろ」

「きゅい」

機嫌を直した仔豹が長い尾をふりふり言うと、羽根兎たちは長い耳を羽根のように使って、嬉《うれ》しそうにぴょんぴょんと飛び跳ねた。

ぐーきゅるるっと腹が鳴る。悪魔侯爵とのやりとりで、気力も魔力も消耗してしまった。

「おなかすいた……」

呟いたとき、羽根兎に誘われて、大型の魔獣が木陰からぬっと姿を現した。飛んで火にいるなんとやら。仔豹は鋭い爪の一撃でそれを狩る。さして美味《うま》い魔獣ではなかったが、腹の足しにはなった。

そんなつもりはなかったが、結果的に羽根兎たちを守ることになって、より懐かれてしまう。

この夜は、羽根兎のもこもこベッドに埋もれて、銀の森の魔力を全身に浴びながら、湖の畔で仔豹は眠った。

藍色の空に浮かぶ真っ赤な月が、生まれて間もない悪魔に力を与えてくれる。

実のところ、仔豹にはまだ名前がなかった。

本能のままに、今は魔力を蓄える時期。この生存競争に勝った者だけが、貴族を名乗ることを許される。

魔力を蓄えた仔豹が成長して、レネ・グレーフェンベルク伯爵の名が大魔王さまから与えられたのは、この夜からしばらく経《た》ってからのこと。

しばらくといっても、永遠の時を生きる悪魔たちの言うしばらくだから、人間の時間では計り知れない。

ともかく、成長した仔豹は、美しい黒豹となって、伯爵位を戴き、高い塔を持つ館に住むことを許された。

それでも彼は忘れなかった。

幼き日、侯爵位を持つ大鷲から受けた屈辱を。

仔猫扱いされ、片手で首根っこを摘まれて、おちょくられ、あまつさえ口づけを奪われたことを。

だから、成長して貴族の位を与えられてまっさきに、侯爵主催の宴《うたげ》に参加した。宴とは、悪魔貴族たちが、己の狩りの成果を報告し合う、社交の場だ。

大魔王さまが姿を現すことはない。今現在魔界のナンバーツーである公爵は、こうした場が好きではないらしく、やはり宴に参加することは稀《まれ》だ。

結果、ナンバースリーである侯爵の館が、社交の場の中心となる。

この夜の宴の話題を攫《さら》っていたのは、最近になって大魔王さまから館を与えられた、若く美しい上級悪魔についてだった。

金と青、左右違う色の瞳を持つ、妖艶《ようえん》な美貌の主。しなやかな黒豹に変化するという。

その噂《うわさ》の主が宴に参列するとの情報が届いて、退屈を持て余す悪魔貴族たちが噂話に花を咲かせていた。

美しく成長した仔豹――レネ・グレーフェンベルク伯爵は、自分が注目されている自覚があった。

誰もが自分の美貌に見惚《みほ》れている。

長い睫《まつ》毛《げ》に縁取られた涼やかな目許《めもと》も宝石のような瞳も赤い唇も、すべてが悪魔としての美の極致にある。

胸に戴く青の宝石には金銀細工を施し、長く艶やかな黒髪にも煌《きら》びやかな髪飾り、裾《すそ》を引きずる黒衣にも、金糸銀糸の刺繡《ししゅう》が施されている。

華やかな美しさは、その魔力の象徴でもある。強い者は美しい、美しい者は強い。魔界のルールは明確だ。

だから誰《だれ》もが、自分に目を奪われる。

強さと美しさがすべて。若さは未熟さとは別物だ。

その自負が、レネに胸を張らせる。堂々と宴の会場を横切って、悪魔たちが集う場の中心に立つ。

そこでは、宴の主催者である大悪魔、ヒース・ノイエンドルフ侯爵が、彼に取り入ろうとする黒《くろ》蜥蜴《とかげ》族や黒蝶《くろちょう》族の綺麗どころに囲まれていた。

大貴族の寵愛《ちょうあい》を得て、悪魔界で地位を得ようとする者たちだ。たいした魔力もないくせに、欲望だけは強い。しかも、さしたる美貌でもない。この自分と比べたら……と、レネはますます自信を強めた。

進み出て、周囲を睥睨する。侯爵に取り入ろうとシナをつくる綺麗どころを一瞥して、「邪魔だ」と指先ひとつで弾《はじ》き飛ばす。

腕に抱いていた黒蜥蜴族の美青年が忽然《こつぜん》と消えたのを見て、侯爵の赤い瞳が興味深げに瞬く。その瞳が自分を捕らえたのを確認して、レネは腰を折った。

「お久しぶりです、侯爵閣下」

美しい黒豹に成長した自分を見て驚くがいい。

そんな高慢な気持ちで顔を上げる。唖然と驚く顔を期待したレネだったが、侯爵の反応はまるで違っていた。

「……誰だっけ？」

赤い瞳を戸惑いに瞬き、さして興味もなさそうな顔で言ったのだ。

「……っ!?　な……っ」

レネは金と青の瞳を驚愕《きょうがく》に見開いた。

すると侯爵は、猫脚のチェアに深く腰掛け足を組み、肘掛《ひじかけ》に頬杖《はおづえ》をついた寛《くつろ》いだ格好でレネを見上げて言葉をつづける。

「こーんな美人、一度みたら忘れないはずだけどなぁ……」

はて？　と首を傾げる。

その仕種があまりにも茶化《ちゃか》したもので、レネは頭に血を昇らせる。

「貴様……っ」

思わず罵声《ばせい》が口をついて、慌てて呑み込んだ。――が、目ざとく……いや、耳ざとく聞き咎められて、侯爵の片眉がピクリと反応する。愉快そうに。

「目上の者にそんな口利いていいのかなぁ？」

「く……っ」

宴の中心で、主催者であり集う面々のなかで最高位を持つ侯爵と睨み合っているのが、新入りの伯爵と知って、招待客たちが集まってきた。暇を持て余した悪魔たちは、野次馬根性を隠そうともしないで興味津々の様子だ。

「閣下、つい先日大魔王さまが伯爵位を授与された……」

侯爵の一歩後ろに控える執事が耳元に潜めた声を落とす。それを片手で軽く制して、ヒース・ノイエンドルフ侯爵は、眦《まなじり》を吊《つ》り上げたレネの顔を下からうかがう。

だがすぐに興味を失《な》くした様子で、懲りずにすり寄ってきた黒蝶族の美青年を片腕に抱く。レネのこめかみあたりでブツリ！　と音がした。

「レネ・グレーフェンベルク伯爵だ。覚えておけ！」

捨てゼリフを吐いて、背を向ける。その背に、「気が向いたら」とぞんざいな言葉がかかって、レネの怒りがマックスに達した。

黒毛を逆立て、大股《おおまた》に宴の場を横切る。

その途中、次々と誘いがかかったが、そのどれもレネは無視した。自分より下位の貴族になど用はない。

「帰る！」

大魔王さまのはからいで付けられたベテラン執事が、どうしたのかと訝《いぶか》る顔でまだ若い主《あるじ》を出迎える。

だが、主の我《わ》が儘《まま》に慣れた彼は、何を問うでもなく馬車のドアを開けた。

悪魔は魔界を自由自在に移動できるけれど、レネは空飛ぶ馬車を使って宴にやってきた。いかにも貴族らしい行動だと思ったのだ。誰もが最初はこういうことをしたがる。でもそのうち面倒《めんどう》になって、自力で魔界を移動するようになる。

肩を怒らせて藍色の空に飛び去る美貌の主を見送って、ヒースはククッと喉を鳴らして笑う。

「いいねぇ、苛《いじ》め甲斐《がい》があって」

愉快いげな笑いをひとしきり転がして、魔界一退屈嫌いで、魔界一楽しいことが大好きで、そして魔界一可愛いものが大好きな侯爵閣下は、赤い瞳に嗜虐の色を滲《にじ》ませ、ニンマリと口角を上げる。

「旦那《だんな》さま……」

常に表情を変えることのない執事が、能面のような顔で嘆息した。だが、変わらぬ表情の下で、執事が同じことを考えているのはわかっている。

「ずいぶんとお可愛らしいことで」

悪魔は常に退屈を持て余している。

人の時間で数百年数千年のときが流れても、魔界に大きな変化はない。仔豹がいっぱしの貴族に成長する程度の時間は、大貴族にとっては一瞬のことでしかない。お楽しみはこれからだ。

「いい退屈しのぎになりそうだ」

執事の言葉に満足して、ヒースは今一度ククッと喉を鳴らす。

指先を軽く鳴らして、斥候鶫《せっこうつぐみ》を飛ばした。獲物を横取りされるのは好まない。玩具《おもちゃ》は掌の上で転がすからこそ楽しいのだ。

2

新調した黒衣をまとい、レネは魔女の棲みつく鏡に己を映した。

艶やかな黒髪に映える白い肌も、金と青の涼やかな眼差《まなざ》しも、それを縁取る長い睫毛も、かたちのいい赤い唇も、すべて完璧《かんぺき》な美しさだ。

何より、胸に戴く大粒の宝石。貴族の証であるそれは、大きく美しく、そして施される装飾が豪華であればあるほど高く評価される。

レネのそれは、高い透明感と艶やかさを誇り、伯爵位にふさわしい美しさを誇っている。黒豹に変化したときも、艶やかな黒毛の胸元に、宝石はよく映えた。

細い顎《あご》をいくらか上げて、レネは鏡のまえでくるり。そして頷《うなず》く。

鏡の向こうから様子をうかがっていた魔女が、「大変お美しく――」とおべっかをつかうのをスルーして、控えている執事を呼んだ。

レネに与えられた執事は梟木菟《フクロウミミズク》族のベテランだ。魔界のあれこれにも通じていて、若い貴族に仕えるベテラン執事には、教育者としての役目もある。

白い飾り羽が特徴的な木菟《ミミズク》が飛来して、ぽんっ！　と変化を解く。

「お出かけでございますか」

白髪の執事が穏やかに微笑《ほほえ》んだ。

「宴に出かける」

「ノイエンドルフ侯爵閣下のお館でございますね」

お気をつけて……と、腰を折る。執事がレネの行動を諌《いさ》めることはない。ただ穏やかに見守るのみだ。

しなやかな四肢が印象的な黒豹に変化したレネは、瞬く間に跳躍して、銀の森をひと駆けで飛び越え、目的の館の塔のてっぺんに器用に立つ。長い尾をひとふり。毛づくろいを整えて、それから賑《にぎ》わいを感じさせる館のアーチ窓に吸い込まれるように降り立った。と同時に変化を解く。

レネが宴に姿を見せると、集う悪魔たちが気づいて、視線を寄《よ》こす。「今宵も美しい……」という感嘆が届いて、レネは胸を張った。

そうだ。自分は美しい。大魔王さまや、自分より高位にある上級悪魔たちとも、また違う美しさを持っている。

宴は盛況だった。

レネがこうした場に顔を出すようになって、もうどれほどの時間が過ぎたのか。人の世界では計りしれない長い時間であることはたしかだが、しかし永遠の時を生きる悪魔のなかでは、レネはまだまだ若造だ。

瑞々《みずみず》しい美しさを振りまく若き伯爵の名を知らない者は、もはや魔界には存在しない。左右色の違う青と金の瞳も涼やかな眼差しも、黒豹に変化したときの艶やかな黒毛も鋭い牙も爪も、すべてが称賛の対象であり、口説く悪魔は列をなす。

今宵も、レネの周囲に続々と貴族たちが集まってきた。

永遠の時間を生きる悪魔たちは、時間を持て余している。夜毎《ごと》、狩りの成果を披露しあう宴が開かれ、貴族たちが集う。

ようは暇なのだ。

天界との確執も今は昔、最近では不可侵条約に則《のっと》ってつかず離れずの関係だし、人間界の醜悪度はきわまって、悪魔ですら背を向けたいほど。

これといった面白《おもしろ》いこともなくて、とにかく暇だった。

そもそも怠惰で快楽好きなのが悪魔だから、暇が苦痛なわけではない。

それでも何か楽しいことはないかと、日々アンテナを張り巡らせて情報を仕入れ、人間界でいうところのモラルやルールなど関係なく快楽を貪《むさぼ》る。

その相手を、夜毎物色している。

魔界においては特定の相手を持つ方が稀で、貴族のなかには多数の愛人を囲っている者もいる。だが多くは、その都度快楽を分かちあう相手を探す。そういう意味でも、貴族にとって宴は絶好の狩りの場だ。

あまたの誘いを振りきって、レネはただひとりの姿を探す。だが、見あたらない。

誘いをかけてくる悪魔たちを無視して気配を探ると、この場の主たる堂々としたエネルギーは、奥の間から感じられた。

間といっても、別室ではない。たっぷりとしたドレープのカーテンの向こう、猫脚の丸テーブルとチェアが置かれている。

今時期、アーチ窓からは一面に咲き誇る紫紺薔薇《しこんばら》が眺められることだろう。銀色の月明かりを浴びながら飲む紫紺薔薇ティーは絶品に違いない。

「侯爵？　いらっしゃるんでしょう？」

レネがドレープの向こうに声をかけると、衣擦《きぬず》れの音。だが声は返らない。いつものことだとこちらも無遠慮に、レネはドレープをくぐった。

「閣下？」

「やあ、レネ」

ようやく声が返る。

ヒースひとりか、もしくは蛇蜥蜴《ヘビトカゲ》族の少年でも膝《ひざ》に抱いているかと思いきや、テーブルの向かいには客の姿があった。

その顔を認めて、レネは慌てて膝を折った。

「失礼いたしました、公爵閣下」

ヒースがもてなしていたのは、今現在魔界のナンバーツーと言われる、クライド・ライヒヴァイン公爵だった。公爵が宴に姿を現すのは珍しいことで、まさかこの場にヒース以上に高位の貴族がいると思わなかった。

だが、公爵はひとりではなかった。

供の者……だろうか、あるいは小姓？　稚児？　ともかく、一匹の……いや、ひとりの黒猫族の少年を伴っていた。いや、膝にのせていた。

――膝？

首を傾げるのも当然だ。レネが目にしたのは、評判に聞く公爵のひととなりからは大きく逸脱した光景だった。

強大な力を持ちながら、魔界のパワーゲームにいっさいの興味を示さず、社交の場にもめったに姿を現さないのがライヒヴァイン公爵だ。他《た》に類をみないストイックさが噂に尾鰭《おひれ》をつけ、その名を聞くだけで震え上がる下級魔族も多いと聞く。

その大貴族が、膝に仔猫を抱いている。しかも、少年の姿に猫耳と尻尾をはやした、中途半端でみっともない姿でありながら、額に星形の痣《あざ》を持つ黒猫族の少年だ。

額に印が浮かぶのは、黒猫族のなかでも特に力の強い者だと聞いているが、ではこの中途半端な姿はいったい……？

しかも、そのみっともない姿の仔猫は、両手に持った輪っか状の食べ物にガツガツと食らいついていて、レネに気づきもしない。長い尾がご機嫌そうに揺れていた。

口の周りを白い粉だらけにしながら、仔猫は両手に持っていた輪っか状の食べ物を口いっぱいに頬張り、それでも足りないとばかりにテーブルの上の皿に手をのばそうとして、ようやくレネに気づいた様子で緑眼を瞬く。

そういえば噂を聞いたことがある。最近になって公爵が、黒猫族の稚児を囲っていると。声がかからなくなった黒蝶族や蛇蜥蜴族の綺麗どころが歯ぎしりしているという話も……。

テーブルの上には、仔猫が頬張っていたのと同じものらしい、輪っか状の食べ物が山積みになっていた。白い粉をまとった甘い匂《にお》いのする食べ物だ。

それが、人間界のドーナツという菓子であることをレネは知らなかったが、甘いお菓子であることはわかった。

膝の上の仔猫にかまっていた公爵がレネに気づいて眉間《みけん》に皺《しわ》を寄せる。

それは、仏頂面が常の公爵にとって、ただ意識を向けただけのものでしかなかったのだが、そんなこととは知らないレネは、不興を買ったと思い、慌てて腰を折った。

「し、失礼いたしました……っ」

その様子を、公爵の向かいからヒースが愉快そうに眺めている。こちらも相変わらず意地悪い。

「クライドさま？」

公爵の膝の上の仔猫が、説明を求めるように白い粉まみれの手で黒衣を引っ張る。

「また叱《しか》られるよ」、その手と口のまわりから指先ひとつで白い粉を弾いたのは、公爵ではなくヒースだった。途端、公爵の銀眼が眇められる。

「ヒース……」

「そんな怖い顔しない。ノエルが怯《おび》えるじゃないか」

そう言って、公爵の膝にのる仔猫に手を伸ばす。仔猫は少し警戒した様子で耳をぴくぴくさせたもののの、公爵の膝から下りようとはしなかった。いや、どうやら公爵の手がしっかりと腰を抱いているために、下りられないようだ。

「ドーナツはおいしいかい？」

「はい」

コクリと頷く。なるほど、テーブルに山盛りになっている輪っか状の菓子はドーナツというらしい。そういえば人間界にそんな名前の食べ物があった気がする。粉砂糖をまぶした甘くてふかふかの菓子だ。

ノエルと呼ばれた仔猫は、公爵の膝の上で身を捩《よじ》り、下からじっとレネの顔をうかがう。そして長い睫毛を瞬いた。

「あの……もしかしてグレーフェンベルク伯爵でいらっしゃいますか？」

問う声に喜色が滲んでいる。レネは怪訝《けげん》に瞳を瞬いた。長い睫毛の向こうで、金と青の瞳が仔猫を捕らえる。

「そうだが？」

ひとに訊くまえに自分が名乗れ！　と思いながらも、公爵の手前邪険にもできず、応じる。すると仔猫は、途端に緑眼をキラキラさせて、公爵の膝の上から身を乗り出した。

「やっぱり！　ボク、ノエルといいます。わ……本当に両目の色が違う……」

綺麗……と、うっとりとレネに見惚れる。長い尾がぶんぶんと左右に揺れた。今にも公爵の顔をはたいてしまいそうで、見ているこっちが怖い。

素直な仔猫は嫌いではないが、公爵の膝にいるものに、手を伸ばすわけにはいかなかった。

「ノエル、どうしてレネのことを知ってるんだい？」

ヒースが興味深げに尋ねる。

「だって、噂になってますから。とっても綺麗な伯爵閣下だって」

貴族に仕えることを生業とする黒猫族のなかには執事の座を狙《ねら》っていた者も多かったのだと、仔猫はヒースの問いに返した。

「黒豹に変化されるとお聞きしました」

きっとカッコイイんでしょうねぇ……と、仔猫はますますうっとりとレネを見上げる。

幼い日、黒猫族の子どもと間違えられてヒースに狩られかかったことを思い出してしまい、レネの滑らかな眉間に無意識に縦皺が刻まれた。

猫と豹では大違いだ。幼体の姿がいかに似ていようとも、まるで別物だ。比べるなんて……よもや間違えるなんてとんでもない！

あの日の屈辱を思いだし、レネはムッとして無関係の仔猫を睨む。だが、仔猫に動じる様子はなかった。これだから頭の悪い中級悪魔は困るのだ。黒猫族は頭のいい一族のはずなのに。稀に例外も存在するらしい。

「で？　レネはなんの用だい？」

ヒースがようやくレネに意識を向ける。

用がなくては声をかけてはいけないのか！　と返したいのを、ぐっとこらえた。

「……ごあいさつをと思っただけですっ」

ほかに言いようがないのか！　いっつもいっつも！

ヒースはレネに冷たい。昔から。レネが宴に顔を出すようになってもうずいぶん経つのに、まともに相手をしてくれたためしがない。なのに、気まぐれに声をかけてくる。

「なんだ。そうなんだ」

いかにもつまらなさそうに言って、興味を失くしたようにヒースの目はまた仔猫を映す。猫じゃらしを取り出して、仔猫の頭の上で揺らした。

新たなドーナツに手を伸ばしかけていた仔猫は、思わず……といった様子で猫じゃらしに手を伸ばしてしまい、公爵の膝からおっこちかかって、ふわり……と宙に浮く。

「粗忽者《そこつもの》が」

「……すみません」

公爵の魔力で浮いているのだ。

低い声で叱られて、仔猫はしゅんっと耳を伏せ長い尾を巻いた。大きな瞳で上目遣いに公爵を見て、

「ごめんなさい……」を繰り返す。

正直、レネはイラッとした。

うかつにも、可愛らしい……と思ってしまったのだ。

媚《こび》を売っている意識すらないのだろう。ごくごく自然体で公爵に甘えることができる仔猫。公爵の膝でめいっぱい甘やかされて、手がかかる……とウンザリされながらも、寵愛を受けている。

自分にはできないことを、自然体でやってしまう仔猫……。

首根っこを摑まれた恰好《かっこう》でぷらんっと宙に浮いている。もちろん公爵は指先ひとつ動かしてはいない。魔界ナンバーツーの魔力をもってすれば、仔猫一匹程度どうとでもなる。

「クライドさまぁ」

呼ぶ声も甘ったるい。

なんだその舌ったらずな甘え声は！　白くてやわらかそうな頬をぎゅむっと摘んでぐいぐいと引っ張ってやりたい……！

きっと可愛らしい反応をするのだろう、自分には絶対にできないような……。

――くそ……っ。

ただでさえ涼やかで妖艶と評される眼差しを眇めると、場の温度が途端に下がる。仔猫が長い尾をぴーん！　と逆立てた。そして、慌てた様子で公爵に膝の上で丸くなる。細い腕でぎゅっとしがみついて、甘えるようにすり寄った。

またも、レネのこめかみあたりでブツリ……と何やら不穏な音がする。だが、吊り上がった眦は、直後に赤く染まることとなった。

「レネ、顔が怖いよ」

猫脚のチェアの肘掛に頬杖をついたヒースが愉快そうに口角を上げて指先を弾く。途端、レネの額で何かが弾けた。デコピンだ。

「……っ！　ヒース!?」

赤くなった額をおさえ、眉を吊り上げかかって、しかし「怖い」と言われた言葉がよみがえり、反射的に言葉を呑み込む。

公爵の膝の上で大きな瞳を揺らす仔猫の姿が目に入って、カッと頭に血が昇ったものの、レネは何も言わず、踵《きびす》を返した。

せっかく宴にやってきたというのに、そのままボールルームを突っ切って、反対側のアーチ窓から跳躍する。

銀の森をひと足で駆け抜ける途中、一番高い木の上で足を止めた黒豹姿のレネは、真っ黒で大きくて牙も爪も鋭い自分の姿を見て、深い深いため息をついた。あの仔猫とは、全然違う。


一陣の風が吹き抜けて、仔猫の三角形の耳を揺らす。ヒースとクライドはともかくノエルには、黒豹に姿を変えたはずのレネの姿を目で追うことはできなかった。

「伯爵さま……？」

公爵の膝の上で、ノエルが大きな緑眼を瞬く。

「ヒースさま、ぼく、何か粗相をしてしまったのでしょうか？」

伯爵さまを怒らせてしまったような気がします……と、しゅうん…っと肩を落とす。

「そんなことはない。彼はちょっと拗《す》ねているのさ」

「……？　拗ねてる？」

ノエルが小首を傾げる。

するとクライドがひとつ長嘆して、面倒くさげにヒースを見やった。ヒースに邪険にあしらわれたレネが肩を怒らせて背を向けるのはたびたびあることだからだ。

「悪癖は相変わらずだな」

膝の上のノエルをかまいながら言う。

「きみにだけは言われたくないね」

ヒースが呆《あき》れた顔で大仰に両手を掲げて言葉を返す。

実のところこのふたり、一件すると真逆のタイプに見えて、根っこの部分でよく似ている。とくに、可愛いものを苛《いじ》めて遊ぶことに無上の喜びを見出《みいだ》しているところなど。

傍迷惑《はた》極まりない資質だが、悪魔界のナンバーツーとナンバースリーなのだから、どこからも文句は上がらない。あえて言うなら、その対象となった情人がベッドのなかで泣きながら文句をたれるくらいのことだろう。

クライドにとって、その対象はいま膝の上にいるノエルだ。

レネの目には仔猫に映っていたが、れっきとした黒猫族の成人で、本当は執事として上級悪魔に仕えなければならないのだが、その仕え方が若干、同族の執事たちと違っているだけのことだ。ようは、主が満足していればいいのだから。

「ドーナツはもういいのか？」

クライドがテーブルの上の皿を指先ひとつで引き寄せる。するするとテーブルを滑ってノエルの前で止まった皿には、まだドーナツが山積みだった。

「食べます！」

まだ全然お腹《なか》いっぱいじゃない！　と、慌てて手を伸ばす、両手にひとつずつ摑んで、左右交互に口に運ぶ。口の周りを砂糖まみれにして、甘い菓子を頬張る。

眉間に皺を寄せた仏頂面の下で、公爵がひじょうにご機嫌であることを見抜けるのは、魔界広しといえども、大魔王さまと彼の弟伯爵と執事以外では、ヒースくらいのものだろう。

この可愛らしい執事見習いを、クライドは溺愛《できあい》しているのだ。そして同時に、苛め倒して泣かせることにも、至上の喜びを見出している。

そういう嗜虐的な部分がヒースと共通しているのだ。互いに相手のことは「悪趣味だ」と言いながら、ともにねじまがった愛情表現という点においては右に出る者はない。いい勝負だ。

山盛りのドーナツが見る間にノエルの胃袋に消えて、口の周りを粉砂糖まみれにしたノエルが、満足げにお腹を撫でる。

「美味《おい》しかったぁ」

ご馳走《ちそう》様です〜と、パンパンなったお腹を抱えて、クライドの胸にぽすんっと埋まった。長い尾がクライドの腕にスルリ……と巻きつく。

「ノエルは素直で可愛いなぁ」

ヒースが愉快そうに言う。言葉はノエルに向けられているが、多分にクライドへの揶揄が含まれていた。

魔力ですればいいことを、ノエルの口許を指先で拭《ぬぐ》っていたクライドが手を止める。ノエルは長い睫毛を瞬いた。

「下剋上をおこされても、俺は味方しないからな」

いつまでも苛めてばかりいると、そのうちレネに反旗を翻されかねないぞと指摘を寄こす。ヒースは「まさか」と笑った。ニンマリと口角を上げて。

「そういうキャラじゃないさ」

レネはそういうタイプではないと余裕たっぷりに言う。

さすがのクライドにも、昔からヒースの態度は解せなかった。レネに対してあまりにもつれないのがヒースらしくないと感じるのだ。

クライドとは対照的に、ヒースはいかにも悪魔らしい悪魔だ。快楽と怠惰が好きで、情人を何人も囲うどころか、特定の相手を持ったためしもない。常に一夜限りだ。

そんなヒースだから、レネが伯爵位を戴いて宴に顔を出すようになったとき、その群を抜く美しさから、まっさきに手を出すだろうと思っていた。

クライド自身の琴線には引っかからないものの、悪魔の価値観に照らせば、金と青の瞳の妖艶さもしなやかな痩身《そうしん》も黒豹に変化したときの艶やかな毛並みも、どれもが賛美の対象であって、混沌が気まぐれに完璧すぎる美を生みだしたとしか思えない。

だというのに、いつもいつも、今日のように揶揄うだけで、まともに相手をしたためしがない。それでも懲りることなく突っかかってくるレネも、もはや意地になっている。妖艶な美貌を誇る容貌と意地っ張りな内面とは相反するように見えて、レネのそんな気質を好ましく思っている貴族も実のところ多いのだ。

ヒースの手前があるから、誰も本気で手を出さないものの……。そのうちとち狂う輩《やから》が出てくるやもしれない。仮にも伯爵なのだから、誰に守られる必要もないのだが、上級貴族同士の争いは魔界中に飛び火しかねないから注意する必要がある。

そんなことを考えつつ、クライドはノエルの両手の汚れを拭ってやり、それから腕に巻きつく長い尾を撫でる。

途端にノエルは大きな瞳を潤ませて、耳をぴるぴると震わせ、クライドの胸に痩身を埋《うず》めた。

執事として上級悪魔に仕えることを生業とする黒猫族は、普段はストイックなくせしてベッドの上では奔放だ。そんなところも貴族たちに好かれるゆえんのひとつと言える。

だが、一番奔放で快楽に弱いのは、実のところほかでもない上級悪魔だ。

悪魔としての力が強いということは、それだけ欲望に忠実で怠惰で快楽主義で、人間界でいうところの理性や常識とは一番遠いところに存在するからだ。

つまりはレネも……。

なるほど……と、クライドは悪友の性質《たち》の悪さを再認識する。まだ若い伯爵は、とんでもないやつにロックオンされたものだ。

「干渉する気はないが、ほどほどにすることだ」

くれぐれも問題を起こしてくれるなと釘《くぎ》だけ刺して、クライドは指先でノエルの額をつつく。ぽんっ！　と弾ける音とともに小さな黒猫に変化したノエルを肩に抱いて、一陣の風とともに姿を消した。

「ほどほどにと言われてもねぇ……」

仔猫の首根っこを咥《くわ》えた巨大な銀狼《ぎんろう》が藍色の夜空をひと駆けして消えるのを見送って、ヒースは愉快気な苦笑を零《こぼ》す。

「毎晩仔猫ちゃんをいたぶってるやつに言われたくないなぁ」

ククッと愉快気に喉を鳴らすと、庭から迷い込んできたらしい長い耳を引きずった羽根兎が、ヒースの足元から返事をするかのように小さく鳴いた。

ひたすら可愛い以外になんの役にも立たない小型魔獣。でもだからこそ、上級貴族にも愛玩《あいがん》動物として可愛がられる。

「しょうがないか。可愛い子は苛めろって言うし」

ずるずると床を引きずっていた羽根兎の耳を蝶々結びにしてやって、満足げに頷く。

「黒い尻尾に真っ赤なリボンも似合うと思うんだよねぇ……」

ヒースは当然、ノエルの尻尾のことを言っているわけではない。幼い日の姿がよく似ていても、やはり別物だ。

膝の上の羽根兎の頭をちょんっと撫でると、そこに真っ赤なリボンが出現した。羽根兎は不思議そうに首を傾げている。

「似合うよ」

「きゅい」

気に入ったのか、羽根兎が膝の上で跳ねる。ヒースはニンマリと口角を上げた。可愛いものはつついて苛めたい。拗ねる反応がもっと可愛いから。

膝の上の羽根兎の頭から真っ赤なリボンを消すと、羽根兎は残念がるようにヒースの指先に額を擦《こす》りつけてきた。どうして取り上げちゃうの？　と訴えているかのようだ。

赤い目がうるうるしている。なんとも愛らしい。

そこへ、執事のギーレンが、レネの好物の紫紺薔薇ティーのポットの載ったトレーを手に現れる。クライドはともかく、レネの姿がないのを見て、「おや」とひとつ瞬いた。

「伯爵さまはお帰りで？」

「ぷりぷり怒りながら帰っちゃったよ」

いま手のなかにいる羽根兎のように。するとギーレンは遠くを見るように目を細めた。

「それはそれは……なんともお可愛らしい」

「だろう？」

ギーレンとは実に趣味が合う。

能面《のうめん》梟族は梟木菟族の一派で、ギーレンもほとんど表情を変えることはない。けれど、その能面のような顔の下には、思いがけない喜怒哀楽が隠されている。とくに彼は可愛いものが大好きだ。

「また羽根兎が増えたな」

「餌付けしているつもりはないのですが……」

ヒースの膝の上の羽根兎に視線を落として言う。相変わらず顔は能面のようだが、心の中で目を細めているのが、ヒースにはわかる。

「いいさ。どこに住もうがどこで増えようが、こいつらの自由だ」

好まない場所には絶対に住みつかないし、無理やり飼おうとしてもいつの間にか消える。

魔界の生き物は、自ら有るべき場所を選ぶ。小型魔獣たちはもちろん、植物も生えたい場所でしか育たない。

クライドの弟伯爵の館の周辺には、ありとあらゆる魔界植物が集まっているのではないかと思わされるほどに種類が豊富だ。それは館の主の魔力が影響しているのだろうと、以前クライドが分析していた。

以前にノエルが、厄介な性質を持つ植物を呼びこんでしまって、ひと騒動起こしたこともある。

そうした事例に照らすと、ノイエンドルフの館周辺に羽根兎が多いのは、ギーレンが呼び寄せるのか。自分の魔力の影響ではあるまい。苛められるとわかっていて、集まってくるわけもない。

そんな酔狂者は、レネくらいのものだ。

せっかく優美な黒豹に生まれついたというのに、快楽を享受するでもなく、宴に顔を出してもヒースがろくすっぽ相手をしないために、拗ねた顔ですぐに背を向けてしまう。

まったくもったいないことだ。

おかげでヒースは毎度楽しめているが。

膝の上の羽根兎の耳を摑んで、ぽいっとギーレンの手にゆだねる。羽根兎はぷるるるっと身を震わせて、蝶々に結ばれた長い耳を解いた。

ギーレンが小さな頭を撫でる。顔は無表情のまま。それでも羽根兎は嬉しそうに目を細める。

その羽根兎に顔を近づけて、ヒースはニンマリと言う。

「よく見ると美味そうだな」

たまには小型魔獣を狩るのも悪くないかもしれない。上級悪魔の気まぐれはいつものことだ。

途端、羽根兎は赤い目を見開いて、ぴゃっとフリーズした。次いでガタガタと震えはじめる。小動物の怯える様子をしばし観察して、ヒースは「嘘《うそ》だよ」と微笑む。真っ赤な目を瞬いて、羽根兎はへなん…っと、ギーレンの掌の上で脱力した。

その愛らしさに、ギーレンが能面の下で密かに感動を嚙《か》みしめている。ヒースは羽根兎の姿を幼いときのレネに重ねてみた。

可愛くて、苛め甲斐がある。

愛《め》でるのはいつでもできる。悪魔の命は永遠なのだから。

3

ヒースの館を飛び出して、レネは黒蓮華《れんげ》の咲き誇る紫水晶の小川の畔に黒豹姿のまま降り立った。このあたりなら、誰の目も届かない。

あたりは魔界植物が群生していて、開けた原っぱを囲むように、背の高い魔界樹が育っている。小型魔獣たちの立てる音もなく、静かだった。

小川の畔に座りこんで、流れを覗きこむ。

紫水晶の小川には、水ではなくその名の通り水晶が流れていて、川幅より巨大な魔界魚が棲んでいる。中級悪魔くらいなら、のうのうと襲いかかってくるような凶暴な魔界魚だが、さすがに上級悪魔に対して牙を剝くことはない。自分が食われるとわかっているからだ。

魔界魚は美味だが、レネは釣りにきたわけではなかった。

ひとりになりたかったのだ。

——引き止めてくれたって……。

つれないヒースを恨めしく思いながら、毛づくろいをして、そして自分の手に備わった鋭い爪に目を止めた。

川面を覗きこんで、美しいと称賛を集める己の姿を映す。黒豹の姿に人型の姿が重なって映る。紫水晶の小川は、それがなんであれ、映りこむものの本質を映しだすのだ。

途端に紫水晶の小川が煌めいて、流れを速めた。レネの美貌に驚いたのだ。流れの下から、巨大な魔界魚が無数の目を覗かせている。レネを見にきたのだろう。もちろん、襲いかかってはこない。それどころか、レネにならば食われてもいいと言いかねない様子だ。

レネは大きなため息をひとつついて、顔を上げた。

真っ黒で鋭い牙と爪を持った黒豹の姿など、ながめていても面白くもなんともない。かといって人型をとっても、あの仔猫のように可愛らしいわけでもない。

長く艶やかな黒髪も涼やかな光を宿す金と青の瞳も、抜けるように白い肌も、悩ましい唇も、どれほど賛辞を集めても、ただひとりに認められなくてはなんの意味もなかった。綺麗だと、幼い日には言ってくれたのに……。

深い深いため息とともに、黒蓮華の絨毯《じゅうたん》に身を伏せる。長い尾を巻いて、組んだ前肢に顔をのせた。

そこへ、執事が放ったらしい斥候鶫が飛んできて、耳元で何やら囁《ささや》く。何かと思えば、早々に宴をあとにしてしまったレネ宛《あて》の恋文を咥えた冥界《めいかい》伝書鳩《ばと》が館の塔の上で列をなしているという。

レネのこめかみに、イラッと青筋が立った。どうでもいい輩にはやたらと誘いをかけられるというのに。それとも、自分はそんなにお手軽そうに見えるのだろうか。

「いらない」

全部帰らせろと、鶫に伝言を持たせる。

受け取る気はないし、受け取ったところで読む気もない。

伯爵家当主としてのお役目ならば即館に戻るところだが、そうでないのなら、まだしばらくひとりでいたかった。

黒蓮華たちは甘い蜜《みつ》の香りを放って咲き誇り、紫水晶の小川のせせらぎも耳にやさしい。魔界にも、蝙蝠《こうもり》や烏《からす》が煩《うるさ》く鳴かない、おだやかな場所もある。

心地好《よ》い風が吹き抜ける。

青白い月の光がエネルギーを与えてくれる。

どうせなら、もっと愛らしいものに変われる力を与えてくれたらいいのに。そんなことを考えながら、無意識のうちに尻尾の先をぱったんぱったんと揺らしていた。

どこからか飛んできた大型の七色蝶が、レネの耳に止まる。ぴるるっと耳を震わせると、今度は頭のてっぺんに移動して羽根を休めた。

まぁいいか……と、レネは目を閉じる。

小さな蝶を狩ったところで意味はないし、腹が減ったら紫水晶の小川に尾をたらせばいい。我先にと、魔界魚が食いついてくるだろう。雷焼きが絶品だ。

ヒースの膝で撫でられる羽根兎に自分を重ねた夢を見ながらまどろむ。

だが、夢のなかでヒースに撫でられている羽根兎が、公爵の稚児の仔猫にすり替わって、レネは驚いて目を開けた。

「……っ！」

公爵が溺愛しているという黒猫族の執事見習いの噂は少しまえから広まっていた。それに感化されたのか、ここのところ黒猫族の執事が人気で、さらには可愛らしいタイプの愛人を囲うのが流行《はや》りはじめているとも聞く。

すべては執事のネットワークに引っかかってきた情報だ。貴族に仕える執事は、主のために魔界の情報を集める役目も担っている。とくにレネの執事は、まだ若い主をサポートするベテランだから、とにかく情報に早い。

自分は上級貴族であって、貴族の寵愛を受けて生きなければならない黒蝶族や蛇蜥蜴族ではないのだから、流行りなど関係ない。そう思って、聞かなかったことにしていたのだけれど、やはり頭の片隅に引っかかっていたようだ。

肩を落とし、またもため息。尻尾を巻いてしょんぼりと耳を伏せる。

頭のてっぺんに止まっていた七色蝶が、ひらひらと飛び去った。それを見送って、さらにため息をひとつ。

レネには、こういうときに愚痴を零せる相手もいない。伯爵位がなければ、もっと気安く言葉をかけてくる相手はいるのだろうが、肩書と美貌とが邪魔をして、レネはいつもひとりだった。宴に顔を出してもヒースにしか意識を向けていないから、友だちもできないのだ。

上級貴族が少ないとはいえ、伯爵位以下ならそれなりにいる。この先魔界で生き抜いていくためには、そういう処世術も必要なのだけれど、まだ若いレネにとって魔界でのパワーゲームは、さして興味の対象ではなかった。

強く美しく生まれついたが故の余裕であることは、周囲は理解していても、まだ若いレネには関心の範疇《はんちゅう》外だ。いずれ大魔王さまの側近のひとりとして、公爵や侯爵と肩を並べるのだとしても、それまだもう少し先の話となる。

今宵はこのままここで寝てしまおう……と、レネは巻いた尾に鼻先を埋めた。

それを邪魔する葉音。

少し先の茂みから、ガサゴソと音がする。

たった今まで静かだったのに、タイミングの悪い下級魔獣め！　と胸中で舌打ち、レネは姿を現したら一撃で葬ってやる気満々で待った。

が、いつまで経っても肉食大青虫も触手淫魔《いんま》も襲ってこない。

ではなんだったのか？　と片目を開けたレネの視界を、小さくて黒いものが過った。

「……？」

ガサゴソガサゴソ……。葉音は軽い。

鼻先をふわふわな毛の感触が撫でて、その正体に気づく。レネはまたもや深いため息をついた。

「……おまえたちは、本当に魔界のどこにでも繁殖しているんだな」

「きゅい」

羽根兎だ。群れで行動する小型魔獣らしくなく、一匹だった。

もう今日は羽根兎はウンザリだ……と、目を背けるように顔を背け、瞼《まぶた》を閉じる。すると、首筋のあたりに小さな体温。羽根兎が、巨大な黒豹に怯えることなく、暖をとるかのように寄りそっているのだ。

どうしてこいつらは上級悪魔を怖がらないのか。

むっつりと眉間に皺を刻んで顔を上げ、前肢で小さな黒い毛玉を転がす。

「消えろ。でないと食うぞ」

「ぴゃ……」

羽根兎の赤い目が、うるうるとレネを見上げた。

なんだか自分が弱い者苛めをしている気になる。本当にずるい生き物だ。自分が愛玩される対象であることを、絶対に自覚している。

くそぅ……と、なんだかわからない腹立たしさを感じつつも、放ってはおけなかった。上に立つ者には、弱い者を守る懐も求められる。

何より、気丈なふりをして、レネの本質はその真逆にある。

きつい美人な見た目と、ヒース以外の魔族を邪険にしているのもあって、冷淡な性質に思われがちだが、本当はとてもやさしかった。

悪魔がやさしいというのも妙だが、非情と言われる悪魔にだって情けはある。魔界にも秩序はあるし、いくら快楽を好むといっても、力ある者は理性を持っている。

貴族の称号を戴くからには、狩るだけではダメなのだ。弱い者は守らねば。

「どうした？　群れからはぐれたのか？」

それなら、こんな場所に一匹でいるのもわかる。レネが尋ねると、羽根兎はますますすり寄ってきて、レネの前肢の間にすっぽりと収まった。

大きな舌でペロリと舐《な》めてやると、嬉しそうに「きゅいっ」と鳴く。そして鼻先にスリスリ。なんだか情が移ってしまって、レネは羽根兎を抱いたまま、また寝の体勢に戻った。

自分ですら可愛いと思うのだから、可愛らしいものが好きな悪魔にならら、溺愛されるのもわかる。

黒豹姿のレネに比べたら羽根兎は本当に小さな存在だけれど、ひとりでいるより温かく感じた。

「おまえはいいなぁ……」

つい、そんな愚痴が口をつく。

「きゅい」

羽根兎が、慰めるかのようにレネの鼻先に頬をすり寄せた。

この羽根兎は、館に連れて帰ろう。領地に専用の場所をつくってやったら、きっとそこで群れを増やしていくだろう。

「少しは警戒しろよ。羽根飾りにしてしまうぞ」

「きゅうぅ」

レネが脅かしても、羽根兎はまるで怯えるそぶりもみせず、それどころかさらに甘えてくる。完全に舐められているな……と思いながらも、悪い気はしなかった。

「なぁ」

「きゅ？」

「羽根兎に生まれてたらよかったのかなぁ……」

羽根兎は真っ赤な目をパチクリさせ、それからレネの口許に鼻先を寄せてくる。羽根兎が仲間同士でキスをするのは、同族の確認や親愛の情を現しているらしいが、自分に対してはどうなのだろう。

可愛いからいいか……と、考えているうちに、レネは眠りに落ちていた。

なんだかもう、考えるのにも疲れてしまった。しばらくは宴に顔を出すのもやめよう。恐れ多くも大魔王さまから伯爵位を授かったのだから、それに報いる働きをしなくては。上級貴族の名が泣く。胸の宝石が陰ってしまう。

夢現《ゆめうつつ》に考えながら、群生する黒蓮華に埋もれて、小さな小さな羽根兎を抱いて、魔界のパワーに満ちた月明かりを全身に浴びて眠りに落ちた。


いつになく深い眠りだった。

紫水晶の小川のせせらぎ以外にレネの眠りを邪魔する者がなかったのか、それとも気づかずに寝ていたのか。後者だとしたら異常な事態だが、本人には気づけない。

どれくらい眠っていたのか、斥候鵜の羽根が風を切る音を聞いて、レネは目を覚ました。

最初に気づいたのは、懐に抱いていたはずの体温が消えていること。抱き枕に飽きた羽根兎は、散歩にでも出たのかそれとも餌《えさ》を探しに行ったのか。餌なら、レネの館でいくらでも与えてやるものを。

「兎……？」

どこだ？　と、妙に重い目をこしこしと擦りながら周囲を見渡す。

なんだか視界が悪い。

自分はまだ寝ぼけているのだろうか。

おかしいな……と、また目を擦って、もう一度周囲を見渡す。やはり視界が利かなかった。

――霧？

いや、そうではない。

妙に背丈のあるものが、視界をおおっているのだ。だから、遠くまで見渡せない。何か植物の陰のような……。

「なに……」

すっくと起きあがって、長い尾を巻き、背筋を伸ばす。……伸ばしたつもりだった。

「……？」

なにかおかしい。

なんだか妙に寸足らずというか……。

尻尾が……見えない。

「……？　白い……？」

足元に巻きついていない尻尾を探して視線を落として、ようやくそれに気づく。見下ろす自分の身体が白かった。真っ白だ。

「……っ⁉　な……っ⁉」

驚いて、両手を顔へやり、おかしいのは毛色だけではないと気づく。すぐ脇《わき》に生える黒蓮華が妙に大きい。視界が利かなかったのは、これのせいだとようやく気づく。

慌てて紫水晶の小川を覗きこんで、自分の姿を水面に映した。…………白かった。白くて、小さかった。

「兎……」

まさか……と口中で疑問を転がす。だがたしかに今水面に映るのは羽根兎だった。だが、白い。目は赤ではなく、金と青だ。

「……夢？」

それとも魔界の者の悪戯か？　寝ている間に魔女が悪戯をしかけたのだろうか。だが貴族相手にそんなだいそれたことをする輩がはたしているのか。

右手――もふもふだった――を頬にあててみる。水面に映る白くて小さな兎も同じ行動をした。左手をあててみる。結果は同じだった。

「そんな……」

これはいったいなんの冗談だ？

貴族の……黒豹の自分が羽根兎――しかも白い！――に姿を変えただと？　そんなバカな……！

ありえない。

そんな事例は聞いたことがない。

魔界に生まれてまだそれほどの時間を生きていない――あくまでも魔界時間での話だが――レネとはいっても、その程度の常識は知っている。

けれど今、自分はたしかに羽根兎の姿をしているらしい。しかも真っ白の。

小さくて非力な羽根兎。ひたすら可愛い以外になんの役にもたたないともっぱら評判の羽根兎。

それだけでなく、白い。

悪魔なのに、白い生き物になってしまうなんて……。

上級悪魔の自分が小型魔獣に姿を変えられてしまっただけでも屈辱なのに、白毛なんて……。

レネはガックリと打ちひしがれた。

その頭上を、執事が放ったと思われる斥候鶫が飛ぶ。

そうだ、あの羽根音で目が覚めたのだ。レネに気づいているだろうに、どうして下りてこないのか……と考えて、この姿のレネを、グレーフェンベルク伯爵と認識できていないのだと気づく。それでは執事に連絡をとることもできない。

この姿では、まともな魔力など……。

上級悪魔に狩られることはなくても、脳味噌《みそ》の小さな下級魔族や魔獣には、捕食の対象にされてしまう。

ゾクリ……と背を悪寒が突き抜けた。

嫌な予感……。

水晶の流れの下から覗く巨大な魔界魚の目がどんどん近づいてきて、いきなり水しぶきを上げ、水面に飛び上がった。

「……っ！」

細かくて鋭い歯をたたえた大きな口がくわっと開かれて、レネを飲みこもうと襲いかかってくる。

「ひ……っ！」

いつもなら、指先ひとつでどうとでもなる相手だ。雷の一撃で……と思ったのに、案の定、何も起こらない。

「え？　なんで……っ!?」

なんでというか、やっぱりというか。

羽根兎の姿になってしまったら、魔力も羽根兎レベルらしい。つまりは、魔力などなきに等しい。

——うそぉ……っ。

魔界魚の口に飲みこまれる直前、白羽根兎レネは一目散に逃げ出した。ただでさえ羽根兎は引きずるような長い耳をしているのに、真っ白羽根兎のレネの耳はさらに長くて邪魔なことこの上ない。

貴族の自分が魔界魚相手に背を向けるなど……っ！　と屈辱を噛みしめながら、紫水晶の小川から離れた場所まで長い耳を引きずりながら必死に駆ける。

少し小高い場所まできて、ようやく息をついた。

「く、食われるかと思った……」

がっくりとくずおれて、さらに大きな問題に気づく。自分では普通に話しているつもりだったが、言葉が言葉になっていない。

「きゅい……」

レネの口から発せられるのは、羽根兎の鳴き声だった。

「きゅいきゅいきゅいきゅい……っ！」

うそ！　喋《しゃべ》れない！　と叫んでも、藍色の空に響くのは、愛らしく甲高い鳴き声のみ。

「そんなバカな……」

これでは、どうにかこうにか館に戻れても、執事に元に戻る方法を聞くこともできない。それ以前にレネだと気づいてももらえないだろう。

胸元を探って、貴族の証である宝石が消えていることに気づいた。レネは真っ青になってへたりこむ。

「そんな……」

魔力の結晶でもある宝石だ。レネの魔力が失われて、消滅してしまったのだろうか。それとも大魔王さまのもとへ帰ってしまったのだろうか。

呆然とたたずんで、藍色の空に浮かぶ銀の月を見上げる。

いつもなら、月明かりを浴びると魔力が満ちるのを感じる。でも今は、何も感じない。羽根兎とは、これほどに非力な魔獣だったのか。

どうしたら……と、思考がぐるぐるとまわる。

このままでは、いずれ魔獣に食われてしまう。なんとか打開しなくては。元の姿に戻らなくては、二度とヒースにも会えない。

黒蓮華の花畑に埋もれる恰好で、真っ白羽根兎姿のレネは考える。

「そうだよ！」

試しに人型に戻ってみよう。

最初から無理だと決めつけず、一応……。

「もしかしたら、その拍子に戻れるかもしれない」

よし！　と銀色の月を見上げて、なけなしの魔力を湧《わ》きたたせる。

「えいっ」

ぽんっ！　と弾ける音がした。「やった！」人型に戻れた！　と喜んだのも束《つか》の間《ま》、やっぱり何かが違うことに気づく。

「……耳？」

左右に長い耳が垂れていた。

しかも白い。

羽根兎の長い耳を人型サイズにしたものが、レネの頭から生えていた。

「……っ!!」

その衝撃たるや、白羽根兎姿を水面に映したとき以上だった。

恐る恐る、お尻《しり》に手をやってみる。

ふんわりしたものがついていた。兎の丸い尻尾だ。

きつい美人顔の自分に、真っ白ふわふわな兎耳と尻尾だと……？

ひくり……と頬が引き攣《つ》った。

——ありえない……。

白羽根兎姿以上にありえない……。

羽根兎の姿のままなら、誰もそれがレネだとは気づかない。でもこの姿を魔界の誰かに見られたりしたら……。

——ヒース……。

ヒースが見たらなんと言うだろう。

きっと笑われる。似合わないと笑われる。そんなの嫌だ。ただでさえ相手にされていないのに、これ以上恥ずかしい思いなど耐えられない。銀の森深くに分け入って、二度と出てこられなくなってしまう。

どうしようどうしようどうしよう……！

ぐるぐると考える。そして閃《ひらめ》いた。

「そうだ！」

たしか魔界の外れの谷に、猫又化した黒猫族の長老猫だか魔女だかが棲んでいて、魔界のありとあらゆる情報や秘儀、薬物に通じていると聞いたことがある。その猫又だか魔女だかなら、解決策を知っているかもしれない。

黒猫族は執事職を生業とする一族で、そもそも博識だし、魔女は魔族のなかでも薬草や毒草の知識に通じている。

魔界の支配階層とは一線を画する一族だが、そのぶん打算的な気質だ。見返りがあればなんでもやる。

猫又にせよ魔女にせよ、いずれにしてもきっと何か知識をもたらしてくれるはずだ。それに、万が一この姿を見せなくてはならないのだとしたら、世捨て人のほうがいい。噂が魔界に広まりでもしたら、レネは羞恥《しゅうち》に耐えられない。高貴な黒豹の伯爵が羽根兎……しかも白毛だなどと……。

魔界の外れとはいっても、いつもならひとっ飛びだ。けれど今のレネには、それは無理だ。

魔力がないまでも、せめて黒豹の姿に……と思ったのだが、ぽんっ！　と弾ける音とともに、変化したのは白羽根兎の姿だった。

「……やっぱり……」

がっくりと肩を落とすものの、もうしょうがない。行動するよりほかない。

兎耳と尻尾を生やした人型か、真っ白な羽根兎か……天秤《てんびん》にかけて、レネは白羽根兎の姿を選択した。レネ・グレーフェンベルク伯爵とバレないほうがいくらかマシだろうと思ったためだ。

羽根兎の姿では、魔界の外れまでずいぶんと時間を要するだろう。だが、悪魔にはいくらでも時間がある。永遠の時を生きているのだから。少々のロスはいたしかたない。……途中で魔獣に食われなければ、だが……。

身を守る術を持たない羽根兎の姿で、それでもレネは黒蓮華の草原を駆けだした。ふわふわ真っ白な毛玉が真っ黒な花の絨毯の上を駆ける姿は、それはそれは目立つ。

長い長い耳を引きずって。ふわふわ毛玉がぴょこぴょこと。しかも白い。

どうにかして魔界の外れに辿《たど》りつかなければ……。レネは葉陰を選んで突き進む。——が、隠れているつもりになっているのは、本人のみだった。

黒蓮華の葉も花も大きなものではない。身を隠すにも限界がある。

狩り場である森からは遠いけれど、どこに何が潜んでいるかわからないのが魔界だ。どこから下級淫魔が襲ってくるやもしれない。

早く行かなくちゃ。

魔界の外れまで。なけなしの魔力を振り絞って。

黒豹姿ならひと駆りなのに、小さな羽根兎はぴょこぴょこと大変だった。長い耳をその名のとおり羽根のように羽ばたかせて懸命に急ぐ。

途中で石に蹴躓《けつまず》いてこてんっと転び、小型魔獣たちはこんなに大変な思いをしながら生きているのかと、はじめて考えた。

「きゅぅうぅ～」

嘆く声も羽根兎のもので、余計に疲れが押し寄せる。でも、こんなところでへばってはいられない。

白羽根兎レネは必死に駆けた。

黒蓮華の草原を抜け、紫紺薔薇の刺《とげ》をよけながら進み、冥界山羊《めいかいやぎ》の群れの間を蹄《ひづめ》に怯えながらくぐり抜けて、ようやく銀の森の近くまで辿りつく。

でも、この時点で、レネはもうぐったりだった。

行燈百合《あんどんゆり》の葉陰に身を寄せてひと休みし、その蜜を啜《すす》る。甘い蜜のエネルギーで少し復活して、レネは先を急いだ。躯が小さいから、一滴の蜜でもエネルギーになるのは助かる。この姿では狩りはできない。

銀の森をつっきるのは危険すぎる。迂回するのが賢明だ。

レネが懸命に跳ねている間に、月が形を変えはじめた。

気まぐれな魔界の月が、藍色の空に隠れようとしている。月が隠れたら、なけなしの魔力が使えなくなる。

急がなきゃ……と、長い耳を大きくひとふりしたときだった。

鋭い羽根音と圧倒的な気配。空から降り立つ存在に首を巡らせる間もなかった。

「白い羽根兎？」

頭上から唐突に言葉が落ちてきたのと、小さな躯が宙に浮いたのは同時で、レネは咄嗟《とっさ》に何がおこったか理解できなかった。

だが、声には聞き覚えがあった。内心ヒヤリ……としたものが伝う。

長い耳を摑まれた結果、四肢がぷらんっ。そのまま持ちあげられて、レネの視界大写しになる端整な顔と赤い瞳。――ヒースだった。変化は解いている。

躯が小さすぎて、距離感がよくわかっていなかったが、よくよく見れば、ここらは侯爵の館の近くではないか。銀の森へ狩りに出かける途中で、珍しい真っ白な羽根兎を見つけて、降下してきたのだろう。

——なんだか……デ・ジャ・ヴ……。

レネはぐったりと四肢を投げ出した。口から飛び出そうな心臓を懸命に抑えつつ、はじめて出会ったときのことを思いだす。

あのときのレネはまだ仔豹で、でも今と違うのは、ちゃんと言葉が話せたことだ。仔猫と間違われるという屈辱的な行為にも、ちゃんと反論することができた。

でも今のレネは羽根兎——しかも白い突然変異種——で、高貴な黒豹の面影などどこにもない。かろうじて探すとすれば金と青の瞳だが、そもそも真っ白な羽根兎じたいが特殊なのだから、それが特別かどうかもわからないだろう。つまりは、レネに結びつかない。

それを残念に思う以上に、今は安堵《あんど》が勝った。こんな姿をヒースに見られたくない。貴族の自分がロクな魔力も使えない羽根兎になってしまったなんて……。

とはいえ、摑まっている場合ではない。自分は魔界の外れまで行かなくてはならないのだ。

「きゅいきゅいっ」

放して！　と訴えるように鳴いてみる。

猫が首根っこを摘まれると軀の力が抜けて身動きままならなくなるのと同じように、兎は耳を摑まれるともうダメだった。まさか、羽根兎を捕まえるときに何気なくとっている行動を、自分が体験させられるはめになろうとは……！

——く……っ。

屈辱を噛みしめながらも上目遣いにヒースを見やる。レネにそんなつもりがなくても、羽根兎の小さな軀と大きな瞳では、どうあっても媚《こ》びているような表情になってしまうのだ。

「ふぅん……」

ヒースの赤い瞳がずいっと近づいて、レネを……白羽根兎をまじまじと観察する。

「左右の目の色が違うのか……」

ぎくっ。

まさか自分だと気づかれたりなんてことは……。

「真っ白な毛の亜種なんてはじめて見るからなぁ……そういうものなのか？　ん？」

「きゅい？」

ヒースに訊かれて白羽根兎レネは小首を傾げる。訊かれたってわかるわけがない。わかったところで答えようもないけれど。

「綺麗だな」

レネの金と青の瞳を見据えて、ヒースが感嘆を零す。白羽根兎レネは、思わず息を止めてしまった。

――……っ！

はじめて会ったときにも言われた言葉だ。仔豹のレネの瞳を見て、ヒースは同じことを言った。誰にでも同じことを言っているんだな……っ、と不快に思う一方で、ドクドクと心臓が脈打つ。あのときもそうだった。そうしたらヒースのことが頭から離れなくなってしまったのだ。

「きゅ……」

どんな反応をすればいいのかわからなくて、レネは瞳を瞬く。どうせ耳を掴まれた恰好では身動きままならないのだが、間近に迫るヒースの顔を見返すのも、なんだか恥ずかしかった。

ふっとヒースの目許がゆるむ。その表情があまりにやさしくて、レネは恥ずかしさも忘れて見つめてしまった。

そのレネを……正確には真っ白な羽根兎を、ヒースが腕に抱く。摑まれていた耳が解けて、ふわり……と揺れた。その耳を撫でられて、レネはびくんっと背を震わせる。それを宥《なだ》めるように、ヒースの大きな手が白い背を撫でた。

心地好かった。

途端レネは、とろん……と瞳を潤ませ、ヒースの腕に小さな軀をあずけてしまう。貴族に愛玩される羽根兎たちはこんな気持ちを味わっているのかと思ったら、愛らしい理由もわかる気がした。こうして可愛がられるために、羽根兎たちは愛らしくあるのだ。

「こんな場所で何をしていたんだ？」

急いでいたようだが……と、返答など期待できないとわかっていながら尋ねてくる。まるでこちらに話が通じているとわかっているかのようだ。そんなはずはないのに。

さらには、腕に抱いた羽根兎レネの額をつついて、「なんでまた真っ白になんて……」と呆れたように笑った。今度は、自分の失態を嗤《わら》われているような気がしてくる。真っ白な羽根兎のなかみがレネだなんて、絶対にわかるはずがないのに……。

「群れからはぐれたのか？　それとも最初から一匹なのか？」

一匹だというほうで、撫でる指先に鼻先を寄せてみる。ヒースはレネの意思を汲《く》み取ってくれたようだった。「かしこいな」と笑って、ぐりぐりと頭を撫でられる。

気持ちいい……。

ついうっかり目を細めてしまって、ハタと我に返る。

毛並みが乱れるじゃないかっ、とレネが長い耳をぷるるっと震わせると、「気位だけは貴族だな」と苦笑された。

またもギクリ……と心臓が跳ねたものの、それ以上の言及はなく、やっぱり自分の気にしすぎだ……とレネはホッと安堵の息をつく。白い羽根兎がレネ・グレーフェンベルク伯爵だとバレる要素はどこにもない。

「魔界で生きていくのに、白毛は危険すぎる」

そう言って、ヒースは白羽根兎レネの額をちょん！　すると、真っ白羽根兎レネの首に、赤いリボンが現れた。後ろが大きなリボンになっていて、前にはノイエンドルフ家の紋章の刻まれた宝石が下げられている。ヒースの魔力が込められていて、ほかの魔族が容易に触れられなくされている。

「きゅい？」

どうしてこんなもの……と、レネがつぶらな瞳を瞬くと、ヒースは満足げに口角を上げた。

「似合うじゃないか」

そして、小さな頭を撫でてくれる。

またもウッカリ目を細めかけて、レネはぷるるっと頭を震わせた。赤いリボンは、ようは首輪だ。断りもなく、白羽根兎レネはヒースのペットにされてしまったのだ。つまりは、館の領地から出られない。

「きゅい〜っ」

誰も頼んでない〜っ！　と前肢でぱふぱふとヒースの胸を叩《たた》いても、ひたすら可愛いばかりだ。

――そんな……これじゃ、魔界の外れに行けないじゃないかっ。

はやく元の姿に戻りたいのにっ、こんな恰好のままでいて万が一正体がばれたりしたら、恥ずかしくてレネはもう生きていられない……。

どうにかしてリボンを外せないだろうかと前肢でもがいてみるものの、羽根兎の短い脚ではどうにもならない。

そこへヒースが聞き捨てならない言葉を落とした。

「白い羽根兎なんて珍しいからな。宴のいい余興になる」

――……え？

余興だと……？

「ぴゃ……」

レネはサーッと血が引くのを覚えた。白い顔がますます白くなる。

冗談ではない！

見世物にされるなど……っ！

「きゅいぃぃ～っ、きゅいぃぃ～っ」

――ふざけるな……っ！　放せったら……っ！

絶対に嫌だぁ～！　と四肢をばたつかせても、ヒースの片手に掴まれてしまう程度の羽根兎ではいかんともしがたかった。

「あばれるな」

おとなしくしろと顎を掴まれる。そして赤い目に間近で凄《すご》まれた。

「いい子にしていないと、銀の森に捨てちゃうぞ」

「ぴ……」

肉食大青虫の餌食になりたくないだろう？　とニッコリと言われて、レネはバタつかせていた四肢をピタリと止めた。

「いい子だ。おとなしくしていれば可愛がってやる」

硬直した白羽根兎レネの喉を擽りながら、ヒースが愉快そうに言う。

猫科ではないのだからそんな場所をあやされたって……と思うのに、羽根兎の軀は「きゅうい」と嬉しそうな鳴き声を上げていた。

次の瞬間、白羽根兎レネを抱いたまま、ヒースが跳躍する。あっという間に、視界に映る景色はノイエンドルフの館のリビングに変わっていた。

4

真っ白な羽根兎を連れ帰ったら、ギーレンが能面のような顔の下で、目を剝いて驚いた。

「なんとも珍妙な……」

いったいどうされたのですか？　と、興味津々に尋ねてくる。……もちろん表情は変わらない。

「黒蓮華の花畑をぴょこぴょこ跳ねていたんだ」

「真っ白な兎が真っ黒な花畑を、でございますか？　それはまた、怖いもの知らずな兎ちゃんでございますね」

ヒースが見つけなければ、とっくに魔獣に食われていたに違いないと眉尻を下げる。心底ほっとした様子で胸に片手をあてた。――が、その発言を聞いた白羽根兎は、ヒースの腕のなかで震えあがって、「きゅ……」と小さく鳴いた。

つぶらな金と青の瞳がギーレンを見上げる。

有能な執事は、即座にそれに気づいた。

「左右の目の色が違うのですね」

これまた珍しい……と呟いて、つづけようとした言葉を呑み込み、口を噤《つぐ》む。そして、能面のような顔を白羽根兎にずいっと近づけた。

「金と青……」

ふむ……と、ギーレンが考えこむ。何を思い描いているのか……。

「わたくし、この子に名前をつけたいと思うのですが、よろしいでしょうか？」

仰々しくうかがいを立ててくる。

「かまわん。言ってみろ」

先を促すと、ギーレンは臆《おく》することなく、思ったままを口にした。

「この瞳の色から、今や魔界一の美貌と評判のグレーフェンベルク伯爵にあやかって、レネと名付けたいのですが、恐れ多いでしょうか？」

ヒースの腕のなかで、白羽根兎がびくんっと軀を震わせる。怯える様子も実に愛らしい。

主の許しを待つ有能な執事に、ヒースは「かまわないだろう」と返した。

「伯爵には断りを入れておく」

その必要もないだろうが……と胸中で苦笑しながら、腕のなかの白羽根兎を撫でた。

すると、腕のなかの白羽根兎が、むずかるように脚をバタバタさせる。まったく気の強い悪戯っ子だ。

「きゅいきゅいっ」

「どうした？」

ヒースが宥めるように小さな頭を撫でると、白羽根兎のレネは何かを訴えるかのように鼻先でヒースの掌をつついた。

「名前を覚えたのかもしれません。賢い兎ちゃんです」

惚《とぼ》けた声でギーレンがほくほくと言う。表情は能面のまま。

「きゅううぅうっ」

白羽根兎レネが切なげに鳴いた。不服を訴えていることはわかっているが、ギーレン同様ヒースも無視する。金と青の人きな瞳がうるうると自分を見上げているのが愛らしくて、苛めたくてたまらない。

「普通の羽根兎よりも耳が長いようでございますね。飾り甲斐があります。何か見つくろってまいりましょう」

そう言って、ギーレンが下がった。人形用の洋服でも持ち出してきそうな勢いだ。

白羽根兎の長い耳を掬い取って、なるほど……と頷く。たしかに長くて、普通の羽根兎よりさらに愛らしい姿になっている。これは本人が望んだことなのだろうか。

「歩きにくいだろう？　結んでやろう」

長い耳をとって、蝶々結びにする。白羽根兎レネは、いやだっと言うようにぷるるっと身を震わせて、またもそれを解いてしまった。自然のままがいいようだ。

「ならば、私の首飾りになっているがいい」

その言葉をどう理解したのか、レネが青くなる。反射的に逃げようとするのを捕まえて肩にのせると、長い耳がいい具合にヒースの黒衣を飾った。白いふわふわが目立つ。

満足げなヒースを見て、白羽根兎レネも納得したのか、その場でおとなしくなった。そうして素直にしていれば愛らしいのだ。

「腹が減っているだろう？　それとも黒蓮華をたんまりと食べたか？」

鼻先を擽ってやりながら尋ねると、白羽根兎は不思議そうに首を傾げた。まるで「羽根兎の餌は黒蓮華なのか？」と尋ねているかのようだ。

「羽根兎の餌はそこらに生えている雑草だ。おまえも好きだろう？」

意地悪く尋ねてやると、白羽根兎は「違うっ」と訴えるかのように、ぷるるっと首を横に振った。

必死の様子だ。

しばらく食事は黒蓮華を与えてやるのも面白い。――と考えた直後には、痩《や》せたら抱き心地が悪そうだと考え直す。自分の魔力を分け与えてやればエネルギー切れを起こすことはないが、羽根兎はふわふわと丸いのが愛らしい。

そこへ、ギーレンがいったいどこから探してきたのか、宝石が縫いつけられた布地や金銀細工の髪飾りなどをのせたトレーを手に戻ってくる。

能面無表情の執事が、内心では満面の笑顔であることを、ヒースだけは理解していた。

「レネさまに似合いそうなものを、見つくろってまいりました」

羽根兎相手に〝さま〟づけなのは、主のペットと認識しているからだけではないが、小首を傾げる白羽根兎レネに説明してやる必要はない。

「これなどいかがでしょう？」

金銀刺繍の施されたベストを取り上げて、ギーレンがヒースに差し出してくる。レネの金と青の瞳が戸惑いをたたえて瞬いた。

どうやら、ちょっと趣味じゃないと言いたいらしい。

「ドレスも髪飾りもございますよ」と、あれもこれもとテーブルに広げたところで、「そのまえに湯を使われてはいかがでしょう？」と提案を寄こす。

「真っ白な毛がふわふわツヤツヤになって、ますます愛らしいことと存じますが」

なかなかいい提案をしてくれる。

「そうしよう」

「ではわたくしは、その間にディナーの準備をさせていただきます」

「レネは黒蓮華と紫クローバーのサラダがいいそうだ」

「ぴゃっ」

やだやだっと、レネが小さな頭を振る。

それを見たギーレンが、うんうんと頷いた。

「サラダだけではお腹がすいてしまうでしょう。何か甘いお菓子もご用意いたしましょう」

その言葉に、レネの長い耳がふわり…と反応した。

「きゅいっ」

金と青の瞳が期待に輝く。

「やはり、本当は甘いものが好きなのだな」

首のふわ毛のあたりを擽ってやると、白兎レネは喉を鳴らす猫のように目を細める。

「……？　きゅい？」

充分にふわふわだが、ギーレン秘蔵の冥界山羊のミルクをたっぷりと使った石鹸《せっけん》で洗ってやったら、もっとふわふわ艶々になるだろう。

「そのほうが抱き心地も好さそうだ」

ニンマリと言って、レネを肩に抱き、バスルームへ。

ぶくぶくと泡を立てたバスタブに、肩のレネをぽいっと放り込んだ。

「ぴゃあぁぁぁっ！」

じたじたと暴れる白羽根兎を魔力で拘束して泡まみれにして洗い、泡を綺麗に洗い流して、タオルにくるむ。

ゴムボールのようになったタオルの塊をヒースがひと撫ですると、そのなかからふわふわになったレネが姿を現した。艶ぴかになっている。

「ぴゃ……」

金と青の目をパチクリさせて、ぶるるっと躯を震わせた。そうすると、さらにふわふわになってまるで大きな毛玉だ。

艶々の頭を撫でると、まるでシルクの手触り。さすがは我が執事、いい仕事をする。

ギーレンの見たてのなかから、丈の短いベストと耳飾りを選び、着せてみる。だがどうもしっくりこなくて、かわりに首に巻いたリボンを、もっと派手なものに変えてやる。結び目に大粒の赤い宝石がついた、黒いレースのリボンだ。

後ろ姿の見えないレネは、懸命に首を巡らせて、自分が何をされたのか、たしかめようとしている。

「心配ない。可愛いいぞ」

自分の見たてに間違いなどあろうはずがないと小さな頭を撫でてやると、白い頬がポッとピンクに染まった。長い耳で顔を隠すようにつんっとそっぽを向く。

ククッと喉を鳴らせば、何がおかしいのかと不服を訴えるように、金と青の瞳が振り向いた。拗ねた色をたたえている。

人間界にも兎という動物がいることは、上級悪魔のヒースは当然知っている。ひとつ違うのは、魔界の羽根兎と違い、さまざまな毛色が存在することだろう。

「たしか人間界では、兎は寂しいと死んでしまう、とか言うのだったな」

人間という生き物はおかしなことを考えるものだ。だが、頷ける。構ってくれと言わんばかりの上目遣いの威力は、この小型魔獣だからこそ、だ。

自分のセンスに満足して、ヒースは白羽根兎レネを肩にダイニングルームへ。ギーレンが腕によりをかけて待っているはずだ。

今日は機嫌がいい。

1万年ものの血赤ワインを開けることにしよう。


白羽根兎姿になってしまったレネは、ほんの半日ほどで、魔界の外れに棲むという、猫又だか魔女だかを訪ねて元の姿に戻る方法を探す、という目的を忘れそうになっていた。それほどに目まぐるしかったのだ。

ノイエンドルフの館に強制連行されたと思ったら、着せ替え人形にさせられかけ、それを免れたかと思いきや、今度はたっぷりのシャボンの立ったバスタブに放り込まれて、全身泡まみれにされて洗われた。

毎日ちゃんと湯を使って身体中ピカピカに磨いているレネにとっては、余計なお世話というか、小馬鹿《ばか》にされたような気分なのだが、抗《あらが》う術もないままに、好きにされるよりほかなかった。

奇妙な洋服を着せられずに済んだのはよかったが、頭の大きなリボンはふわふわと邪魔くさい。「可愛い」と言われて、ついうっかりと受け入れてしまったけれど、ショート丈のベストのほうがマシだったかもしれない。

ディナーテーブルに連れられて、本当に黒蓮華と紫クローバーが山盛りのサラダの皿を目のまえに出されたときには、涙目になった。

サラダといっても、黒蓮華と紫クローバーを摘んで洗っただけ。ドレッシングもかかっていないのだ。いくら羽根兎の主食が雑草だからといって……。

レネだって、サラダが嫌いなわけではないけれど、でももっとやりようがあるだろう。これは料理とはいわない。

不服を訴えるように傍らのヒースを見上げると、「嬉しくて泣きそうなのか？」なんて、頓珍漢《とんちんかん》なことを言われる。

――ちがうっ。

「きゅいっ」

文句を言おうにも、発せられるのは羽根兎の鳴き声のみで、すまならなさにストレスが溜《た》まる。

するとそこへ、ギーレンの使役令を受けたシマシマ模様のテンたちが、大きな皿を運んできた。執事には小型魔獣を操って、館を管理する能力が求められる。細々とした雑用をこなすテンや、竈《かま》を守る火吹きイグアナは、代表的な使役獣だ。

レネのまえに置かれた大きな皿には、見覚えのあるものが山盛りになっていた。

輪っか状の、白い粉をまとった、甘い匂いの食べ物。人間界のドーナツという食べ物に似せてつくられた菓子だ。

――これ……。

ヒースの館を訪ねて来ていた、ライヒヴァイン公爵の稚児猫が美味そうに食べていた菓子だ。両手にドーナツを持って、口のまわりを粉まみれにしてがっついていた。

「最近流行りのドーナツでございます。レネさまのお口に合うとよいのですが」

ライヒヴァイン公爵の弟であるアルヴィン・ウェンライト伯爵の執事イヴリンが人間界のドーナツ

をまねてつくりはじめたのがきっかけで、最近執事の間で主のために手づくりするのが流行っているのだという。

人間界では庶民が食べる菓子だと聞くが、ウェンライト伯爵は人間界の菓子が好物で、ほかにもバウムクーヘンという切り株を模《かたど》った菓子など、魔界にはない甘い食べ物を持ちこんでいるともっぱらの噂だった。そしてそれを諌めながらも、ライヒヴァイン公爵は自分の稚児に与えているということらしい。

ライヒヴァイン公爵の膝で、美味そうにドーナツを頬張っていた仔猫の姿を思い出して、レネは眉間に皺を寄せる。

その表情を不満と受け取ったのか、ギーレンが「なにかほかのものをお持ちいたしましょうか？」と言葉を寄こした。

ハッと我に帰って、ぷるるっと首を振る。

この姿なら、甘い菓子を頬張っても、きっとあの仔猫以上に可愛らしく見えるに違いない。きっとこんな経験は今しかできない。

そう腹を括《くく》って、レネは山盛りにされたドーナツの皿に鼻先を寄せる。甘い甘い匂いがした。鼻先に、白い粉がつく。舐めてみたら甘かった。砂糖だ。

「きゅい〜」

――美味しい……っ！

大きな口を開けて、あむっとドーナツに食らいついてみる。ふかふかの生地に粉砂糖がからまって、えもいわれぬ美味しさだった。ほっぺたが落ちそうとはこのことかと感動する。

「きゅいきゅいっ！」

思わず跳ねて、それからドーナツの山に頭を突っ込んだ。顔じゅうを粉砂糖まみれにしてドーナツを頬張る。

「……よほど腹が空《す》いていたんだな」

ヒースが呆れたような苦笑を零す。ギーレンは「気に入っていただけたようで、ようございました」と胸を撫で下ろした。能面顔のまま。

美味しくて美味しくて、止まらない。あの仔猫が両手に掴んで頬張っていたのもわかる。

こんな美味しいものを生みだす人間というのは、なんと興味深い生き物だろう。ウェンライト伯爵はちょくちょく人間界に下りていると聞くが、その気持ちがわかる気がした。

もとの姿に戻れたら、白分も一度人間界に下りてみよう。上級悪魔は魔界と人間界の行き来が自由だけれど、レネはこれまでまるで興味がなく、下りたことがなかったのだ。狩りなら魔界だけで充分だった。

でも、人間界に下りれば、もっと美味しいものがあるかもしれない。人間界でなら、立場や肩書など気にすることなく、食べたいものを食べ、行きたい所へ行き、自由に過ごせるに違いない。だからウェンライト伯爵も人間界が好きなのではないかと、レネは考えた。

とりあえず、元の姿に戻らなければ話にならないが、ドーナツが食べられただけでも、白羽根兎になった意味はあったかもしれない……なんて、ついうっかりと思ってしまうほどに、レネにとっては衝撃的な美味しさだった。

「その小さな軀のどこに入るのだ」

山盛りのドーナツをペロリと平らげ、ぱんぱんに膨らんだお腹を抱えて空になった皿の横に転がったレネを見て、ヒースが愉快そうに笑う。

そういう彼は、魔界牛のステーキにナイフを入れながら、血赤ワインを呑んでいる。

絶妙な焼き加減のステーキは、ギーレンが使役する火吹きイグアナが有能で、竈の火加減が職人技である証拠だ。とても美味しそうだったけれど、この姿の今しか食べられないドーナツのほうが、白羽根兎レネにとっては貴重だった。

「これだけ食べても魔力の足しにはならんようだな」

そう言って、ヒースがレネの口のまわりについた粉砂糖を、指先ひとつで払ってくれた。ライヒヴァイン公爵が仔猫にしていたのと同じだ。

途端に、ドクンッとレネの心臓が跳ねる。白羽根兎姿だから、小さな小さな心臓だ。それがドクドクと煩いほどに脈打って、レネは火照《ほて》る顔を隠すように長い耳で顔をおおった。

——なんか、恥ずかしい……。

あのときは、仔猫が妬《ねた》ましくてならなかった。でも、こんな恥ずかしい行為を、仔猫は平然と受け入れていたのだ。そう思ったら、なんと肝の据わった仔猫だろうかと感心すらする。

「レネ?」

どうした? と耳をどけられる。山盛りのドーナツでころころになった軀を抱き上げられ、膝にのせられた。

「きゅうぅ」

パンパンになったお腹を撫でられて、つい気持ちいい声が出てしまう。

「気持ちいいのか?」

喉元を擽られて、うっかり猫のように喉が鳴った。羽根兎はこんなふうに喉を鳴らさない。

まずいっ! と密かに慌てたものの、ヒースもギーレンも、それを指摘することはなかった。

気づいていないのか、羽根兎の生態について、それほど詳しく知らないのか。

上級悪魔と貴族に仕える執事に限ってありえないことだが、このときレネは満腹なのもあって、それに思い至らなかった。軀が羽根兎になったことで、思考も多少ゆるくなっているのかもしれないが、それこそ考えの及ぶことではなかった。

「眠くなられたのでは？」

ギーレンが能面に似合わぬ微笑ましげな声で言う。

この指摘どおり、レネの瞼は重くなりはじめていた。今日はいろいろなことが一度に起きたせいで目まぐるしすぎて、いつも以上に疲れた気がする。小さな軀で懸命に駆けたからかもしれない。

「ベッドをつくってやるか」

使っていない鳥籠《かご》があっただろうとヒースがギーレンに問う。貴族の間では、懐っこい羽根兎を鳥籠で買うのが流行っているのだ。この館にも普通の黒毛の羽根兎たちが飼われていたはず……。

「羽根兎たちは宴に花を添えてくれたあとは放ってしまいますから、鳥籠はいくらでも空いておりますが……」

ひとりで寝させるのは可哀想《かわいそう》では？　と執事が提案する。ヒースは「そうだな」と頷いた。

そうだったのか。あの羽根兎たちは、宴に花を添えるために一時的にあの場にいたのであって、狭い鳥籠で飼われているわけではなかったのか。

ちょっとホッとした気持ちで、重い瞼を前肢でコシコシしつつ、レネはヒースの掌に額をすり寄せる。無意識のうちに、羽根兎が甘えるときにする行動をとっていた。

「まったく、警戒心のないことだ。そんなことでは――」

ヒースの言葉を最後まで聞かないうちに、レネはヒースの大きな手に包まれた恰好で眠りに落ちていた。

「――貴族は務まらないぞ」

膝の上で丸くなって、すやすやと眠ってしまった白羽根兎の背を撫でながら、ヒースがやれやれと呟く。

可愛らしいものは、ひたすら突いていじり倒したい気質のヒースだが、心地好さげに白毛をふくらませる白羽根兎の眠りを妨げる気には、この夜ついになれなかった。

ライヒヴァイン公爵の稚児猫も、こんな思いをしているのだろうか……。

思わず月を見上げて、真っ白羽根兎姿のレネは、ため息をついた。そんなレネは今、ヒースの膝でグルーミングされている真っ最中だ。

昨夜はいつの間にか眠ってしまって、今朝目が覚めたら、ヒースの腕枕《まくら》で眠っていて、飛び上がって驚いてしまった。

力の強い悪魔はその気になれば眠らなくても死にはしないが、小型魔獣には休息が必要だ。だからといって、ヒースに抱かれた恰好のまま熟睡してしまうなんて……羽根兎に野性はないのか！

などと、くだらない思考に陥ってしまうのは、鏡越しにじーっと見つめるヒースの視線が痛いから。まるで中世の姫君のように、大きな鏡のまえに座らされ、ギーレンが森の職人に特注した柘植《つげ》の櫛《くし》で白毛を梳《す》かれる。

ギーレンの手があまりにも丁寧過ぎて、そろそろ飽きてきた。

宴の席では、ヒースの目を惹《ひ》きたいがために意識して着飾っていたレネだけれど、普段館にいるときは、それほど飾り立てることはしていなかった。そもそも美しい黒豹に生まれついているのだ。金銀宝石で飾らずとも、天然の美貌に勝るものはない。

だから、あまりに丁寧に櫛をあてられて、そこまでしなくても……という気持ちのほうが強い。羽根兎は自分で毛づくろいするのだし、昨夜風呂《ふろ》で洗われた白毛はふわふわを保っていて、いまだにいい香りがする。

だから、そもそも櫛をとおす必要などないのに、ギーレンは飽きずにレネの毛を梳きつづけていた。

「きゅううぅ」

まだ？　と尋ねるように鳴いて上目遣いに見やる。ギーレンは能面のまま、「もう少しですから」とレネの顔をまえに向けさせた。

たっぷり1時間以上もかけてグルーミングされたあと、今度はヒースが特注させた衣装を当てがわれ、昨日はどうにか免れた着せ替え人形にされる。

昨日、あれこれ着せられなかったのは、ヒースの眼鏡《めがね》にかなう品がなかっただけのようだ。

だが、ギーレンの趣味とヒースの趣味と、どちらがマシかと訊かれると、白羽根兎レネとしては微妙なところだった。

昨日ギーレンが用意した小さな衣装は金銀刺繍と宝石で飾られた派手派手なものばかりで、それはそれでレネの趣味ではなかったけれど、ヒースが用意したものも……。

魔界ではおよそ見ることのない色味のものがテーブルに並べられている。ピンク色のレースのドレスとか、ふわふわな布地のリボンとか、とにかくレネがこれまで目にした経験のないふわふわキラキラな品ばかりで、目がチカチカする。

「レネの金銀妖眼には、明るい色が似合う」

そういうヒースが取り上げたのは、可愛らしいピンク色のレースが何重にも組み合わされたドレスだった。それをあてがわれてレネはヒクリ……と頬を引き攣らせる。

だが、逃げることはかなわなかった。

「ぴゃ……っ」

「絶対に可愛いぞ。私が着せてやる」

むんずと耳を掴まれてヒースの腕に拘束され、そのわけのわからない衣装を着せられる。最後に頭にも同じ生地の大きなリボンをつけ、ヒースは満足げな顔でレネを鏡のまえに座らせた。

もはや嫌がらせでしかなかった。

鏡のなかには、他人に見せられない姿に飾りたてられた白羽根兎がいた。これならギーレンの見たてのほうがまだマシだ。

「きゅいぃぃぃっ」

恨めしげにヒースを見上げても、「気に入ったのか？」などと勘違いも甚だしい言葉が落とされるのみ。

けれど、「可愛いぞ」などと耳元に囁かれたら、そうかな……なんて気になってしまう。

しかもあろうことかヒースは、館を訪れる客に、珍しい白毛の羽根兎を自慢するかのように、レネを見せびらかすのだ。

誰もが皆、珍しい愛玩動物を羨《うらや》ましがり、撫でようとするのだけれど、ヒースの魔力でそれはかなわない。白羽根兎レネはヒースの所有物なのだ。

ヒースとギーレン以外の魔族のまえに姿を曝《さら》すなど冗談ではないと当初は暴れて嫌がったものの、ヒースが絶対に折れないとわかってからは、レネは無駄な体力を使うのをやめた。

「侯爵閣下、珍しいものを手に入れられたそうで」

「ぜひ鑑賞させていただきたい」

主にヒースに取り入ろうとする連中が連日館を訪れる。ヒースは邪険にするでもなく、そつなく社交をこなしていく。

上に立つ者には、こうした政治力も必要になるのだろう。だがヒースの場合、自分の失脚を謀ろうする動きさえ、面白がっている節がある。

力が絶対の魔界で、下剋上などありえない。ときおり勘違いした輩が諍《いさか》いを起こすものの、成功したためしはない。それでも爵位に入れ変わりがあるのは、魔界の掟《おきて》にそむくなり失態を犯すなりして失脚する者が出たときだ。

そうした棚ぼたを狙う連中が、ヒースの様子をうかがいにくる。何かつけいる隙《すき》はないかと狙っているのだ。

ライヒヴァイン公爵は、そうした連中をまるで受け付けない。そのぶんまでヒースが引き受けているかのように、レネの目には映った。ここ数日、ヒースの膝に抱かれた恰好で客としてやってくる連中を観察していて気づいたのだ。

大魔王さまと公爵に対しての防波堤のような役目を、ヒースは自ら進んで――いや、面白がって負っているようにレネには感じられる。退屈を嫌ういかにも悪魔らしい気質を、ヒースは持っているのだ。もしかしたらライヒヴァイン公爵以上に、悪魔らしいのかもしれない。

「どうした？　疲れたか!?」

客が引いてようやく館が静かになって、レネはヒースの膝で丸くなる。その頭を撫でながら、ヒースが「今日は来客が多かったからな」と苦笑した。

「みんな、おまえに目を奪われていた」

それは、このわけのわからない恰好のせいでは？　と尋ねたかったが、できるわけもない。今日のレネの衣装は、兎の上に兎……ようなウサミミつきのフードのついたモコモコのポンチョのようなものだった。しかもやっぱりピンク色。

――あっつい！　窮屈！

「きゅいきゅいっ」

もうヤだっ！　と白羽根兎レネが暴れると、「飽きたのか？」とヒースが衣装を脱がしてくれた。モコモコの白毛がぺしゃんこになってしまったのを、ヒースの長い指が梳いて整えてくれる。

「腹が空いて機嫌が悪いのか？」

「きゅいっ」

そんなんじゃない！　と小さな脚で地団太を踏んだタイミングで、レネのお腹がきゅるる……っと鳴った。

「……っ！」

ヒースの赤い瞳はゆるり……と見開かれて、それからククッと漏れる笑い。レネは白い頬を朱に染めて、そして頭を撫でるヒースの手をふるるっと振り払った。嚙みつかないだけありがたいと思ってもらいたい。

ヒースがテーブルベルを鳴らすと、ギーレンがやってきて、テーブルにお茶の用意をはじめる。とはいっても、ヒースには血赤ワインが出されるから、お茶もお菓子もすべてレネのためだ。

「本日のおやつは、ウェンライト伯爵家直伝のバウムクーヘンでございます」

ヒースが「へぇ……」と興味深そうに応じた。

「イヴリンのレシピか。それは美味そうだ」

レネが小首を傾げると、ギーレンが説明を補足してくれる。

「人間界の甘いお菓子が好物なウェンライト伯のために、執事が似せてお菓子を焼くのですが、それが評判で……わたくしもレネさまに食べていただこうと、習ってまいりました」

その執事の名がイヴリンというらしい。黒猫族の優秀な執事の噂は聞いたことがある。同じ黒猫族でも、ライヒヴァイン公爵の膝で可愛がられているだけの仔猫とはずいぶんな違いだ。

切り株を模したお菓子からは、ドーナツに似た甘い香り。

ギーレンはその一部にナイフを入れ、カットした一切れを皿に盛ってヒースのまえへ。切り株の残りは大皿のままレネのまえに出された。

「どうぞ召し上がれ」

最初のときに山盛りのドーナツを平らげてしまったせいで、そうとうな甘いもの好きと思われたようだ。

そもそも羽根兎は甘いものを食べてもいいのだろうか。……中身は自分なのだからいいとして……。

「きゅい」

ギーレンに礼を言って、ナイフでカットされた場所をひとかじり。

「……！」

ドーナツに負けず劣らず美味しかった。

もしかしたらレネは、バウムクーヘンのほうが好きかもしれない。いやしかし、ドーナツも捨てがたい。

空腹には耐えきれず、レネはあむあむとバウムクーヘンを頬張った。

「気に入ったようだな」

レネの様子を見て、ヒースもナイフでカットしたバウムクーヘンをひと口。「ずいぶんと甘いのだな」と感想を漏らした。

「さすがはウェンライト伯爵家直伝でございます」

つまりは伯爵が甘党だということか。でもレネの口にも合うから、ずいぶんと考え抜かれたレシピに違いない。

「今度アルヴィンに会ったら礼を言っておこう」

ヒースはウェンライト伯とも親しい様子。宴の席では見かけたことがないが、兄に当たるライヒヴァイン公爵とは、まるでタイプが違う人物のようだ。

そんなことを考えながら、目のまえの切り株をあむあむとお腹に納めていく。その様子を、ヒースとギーレンが微笑ましげに眺めている。

宴で会うときのヒースとは別人のように、白羽根兎レネをかまうヒースはやさしい。ときどき意地悪を言われることもあるし、よくわからない衣装とか、遊ばれているのかな？　と思わなくもないけれど、それはそれでペットの可愛がり方をちょっと間違えてしまった飼い主のようなものだ。

ひたすら可愛い以外になんの役にもたたないと言われる羽根兎だから？　しかも珍しい白毛で、館を訪れる客に自慢できるから？

だったら、もうずっとこの姿のままでいいか……なんて、考えがついうっかり思考を支配しかけるのが問題だ。

やわらかな毛並みをたしかめるかのように撫でる手はやさしいし、美味しいものを食べさせてもらえる上、この姿だったら甘い菓子も食べ放題だし、意思の疎通がかなわないのは困るけれど、でも問題点といったらその程度で……。

――……ダメだダメだっ。

甘い菓子を頬張りながら、レネは苦悶《くもん》する。

魔界の外れに向かわなくてはならないのに、ただひたすら愛玩動物としてかまわれる生活に、うっかり甘んじてしまいそうになる自分をレネは許せなかった。

それなのに、ヒースの腕に抱かれると、無意識のうちに長い耳をふわふわさせて、喜びを表現してしまうのだから、羽根兎の単純思考は困る。何より問題なのは、その羽根兎の軀という器に収まるレネ自身が影響を受けていることだ。

「ドーナツとどっちが好きだ？」

ペロリとバウムクーヘンを平らげたレネを抱き上げ、ヒースが鼻先についたバウムクーヘンの屑《くず》を指先で払ってくれる。

たったそれだけのことで、甘いバウムクーヘンを頬張りながら悶々《もんもん》と考え込んでいたレネの眉間の皺が消えた。

――このまま元に戻れなくなったらどうしよう……。

ヒースは一生、レネを愛玩してくれるだろうか。途中で別の何かに関心を移しはしないだろうか。

ヒースの腕に抱かれながらため息をつく。するとヒースが「ドーナツのほうがよかったか？」と的外れなことを訊いた。

「きゅい」

ヒースの指先をペロリと舐めて、白羽根兎レネは「そうじゃない」と訴える。

どっちも美味しい。美味しいから困る。

今日は一日静かに、ヒースの膝で丸くなって、今後について考えることにしよう。

そう思っていたのに、午後になって思いがけない来客があった。ライヒヴァイン公爵だ。――だけならよかったものの、例の仔猫も一緒だった。

「邪魔をする」

「やあ、ノエルも一緒かい？」

出迎えたヒースは、真っ先に公爵の腕に抱かれた仔猫に目を落とした。

首輪をつけた黒猫姿でライヒヴァイン公爵に抱かれてやってきた仔猫は、公爵の指先ひとつで、ぽんっ！　と人型をとる。だが、耳と尻尾は装備されたままだ。

頭に手をやってそれに気づいた仔猫が不服気に公爵を見上げるものの、への字になった唇から文句が紡がれることはない。言っても無駄だと諦《あきら》めている様子だ。

「最近、館にこもっていると聞いたのでな。それと、妙な噂《うわさ》も耳にした」

噂？　と大仰に首を傾げて見せ、「まぁ、ゆっくりしていくといい」と、公爵にソファを勧める。

公爵は仔猫を膝に抱いた恰好で腰を下ろした。

その仔猫のエメラルド色の目が、さきほどからじーっとヒースの肩の上のレネに注がれている。訊きたいけれど、訊いていいのかな？　と、その好奇心旺盛《おうせい》な大きな瞳が訴えている。

レネは当然気づかない振りで視線を逸《そ》らした。ヒースの髪に隠れるように軀を丸くして身を寄せる。首筋にすり寄ってきたレネを、ヒースの大きな手がやさしく撫でた。

「侯爵さま、その子……」

ノエルの目がレネをロックオンしている。よもや餌としてではあるまいな、仔猫のぶんざいで！　とレネが胸中でドキドキしていると、思いがけず歓喜の声が発せられた。

「か～わ～い～い～」

仔猫が目をキラキラさせて言う。

「クライドさま、真っ白な羽根兎なんて、ボクはじめて見ました！」

可愛いですね！　と主に同意を求める。

「うちにも山ほどいるではないか」

「みんな可愛いけど、でも白い子はいませんよ」

「おまえがいたら、そのうち出現してもおかしくはないな」

「……？」

そんなやりとりを、鼻先を突きつけるような距離で交わす。仔猫は公爵の胸に甘えるような恰好でじっとレネに視線を寄こす。

「人見知りな子なんだ」

レネがますます身を小さくすると、ヒースがそう言って庇《かば》ってくれる。

「でもどうかな？　ノエルには小型魔獣を懐かせる特技があるんだったね」

真っ白な羽根兎も懐くかな？　と、ヒースがレネを肩から下ろそうとする。レネはいやだっと、小さな爪で肩に縋《すが》った。が、猫科のような鋭さのない爪では引っかかりもしない。

「ぴゃあぁっ」

片手でひょいっと仔猫に差し出されて、レネは暴れた。やだやだっと四肢をじたじたさせる。公爵が珍しげに銀眼をひとつ瞬いた。

「ノエルに懐かんとは……」

どうやらただの羽根兎亜種ではないようだ……と公爵が呟くのを聞いて、レネはビクリと背を震わせた。魔界のナンバーツーなら、もしやレネの正体を見破ってしまうのでは……と胸中で冷や汗をかく。

「抱っこしたい……」

ノエルが恨めしげに呟く。

レネは「やだ」と態度で断固拒否。――が。

「レネ」

いいじゃないかとヒースに促されて、公爵に詮索《せんさく》されたくない気持ちもあり、レネは渋々仔猫に抱かれた。

「ふわふわだぁ」

ふふっと満足げに笑いながら仔猫がレネの白毛に頬ずりをする。

「眼福な光景じゃないか」

ヒースが満足げに言うと、公爵も眉間に皺を寄せながら頷く。

「けしからん光景だ」

不服だと言っているのではなく、満足の最上級の意味らしい。

「リボン似合うね」

可愛いね、と仔猫がレネを撫でる。

「ドーナツあるよ。食べる？」

「きゅい」

仔猫が公爵を見上げると、公爵の指先ひとつでぽんっ！　とドーナツの皿が出現した。粉砂糖をまとったリングドーナツが、天井に届くのでは？　という勢いで山積みになっている。

それを両手にひとつずつ摑んで、仔猫はひとつをレネの口許に差し出した。ドーナツが美味しいことは知っている。ヒースをチラリとうかがうと、頷くので、レネはそれにかぶりついた。ヒースが食べさせてくれたのと同じ味だ。

自分もドーナツにかぶりつきながら、仔猫が邪気のない声で爆弾を落とす。レネは思わずドーナツを喉に詰まらせてしまった。

「どうしてグレーフェンベルク伯爵さまと同じ名前なの？」

「きゅ……」

ケホッと咳《せ》いて、どうにか口の中のドーナツを飲み込む。

ど、どうしたら……と、胸中でダラダラと冷や汗を流していたら、仔猫は勝手にギーレンと同じ考えに行きついた。

「あ、わかった！　目の色が同じだからだね！」

「……」

どうしてそれで納得してしまえるのかレネにはわからなかったが、それ以上詮索されないのならなんでもいい。

それほどに、レネ・グレーフェンベルク伯爵の美しい金と青の瞳は魔界で有名なのだと、レネが自負する以上に周知されているのだが、今のレネはとにかくこの話題が過ぎ去ってくれるのを祈るばかりだ。

だというのに、今度は公爵が余計な話を持ち出した。

「ところで、最近グレーフェンベルク伯爵は宴に顔を出しているか？」

どっくん！　と白羽根兎レネの小さな心臓が跳ねる。ドーナツを頬張ろうと口を開けた状態で固まった。

「いや、ここしばらく宴を開いていないからな。そのせいか来客は増えたが、伯爵は見ていない」

言いながら、ヒースはノエルに抱かれていたレネを指先ひとつで自分の膝に移して背を撫でる。レネは硬直したままうずくまった。

「そうか……」

「なんだ？」

気になることでも？　と、ヒースが公爵に尋ねる。

「最近姿を見ないと噂が耳に入ったのでな」

何かあって騒動になるまえに収拾するのも、大魔王の右腕である公爵の役目だとウンザリ気味に言う。

「貴様が牽制《けんせい》しているからいいものの、まだ若いあれを狙う輩は多いからな。なんといってもあの美貌だ」

公爵の言葉に、少し気をよくしかけたレネだったが、それに返すヒースの言葉を聞いて、ムカッと口をへの字に曲げた。

「中身はまだまだ子どもだが」

生まれてたかが数百年。悪魔としてはひよっこのうちだと笑う。

「美貌といっても、熟した美しさにはほど遠い」

なんだと！　と、白羽根兎レネが睨み上げても、「ドーナツが食べたいのか？」と、まるで通じない。

そうか、だから相手にしてもらえなかったのか。

自分がまだまだ未熟だから。

でもだったら、惑わすようなことなど言わなければいいのに……。

「きゅいっ」

背を撫でる手を払って、膝を飛び出そうとするものの、容易《たやす》く押さえつけられてしまう。魔力でぺしゃりと潰《つぶ》されて、ふわ毛が舞った。

思わずムッとして、その指先にカリッと歯を立てると、ヒースが片眉をピクリと反応させる。

「悪戯っ子め。悪い子にはお仕置きするよ」

赤い瞳が嗜虐的な色を滲ませ、ニッコリと微笑む。レネはビクリッと背を震わせた。ふわふわの白毛が逆立つ。

この姿になってから、こんな視線を向けられたのははじめてだ。ヒースはひたすらやさしくて、甘やかされる生活に甘んじてしまいそうになっていた。

でもそうだった。これがヒース・ノイエンドルフ侯爵の本質だ。

――まさか狩られるなんてことは……。

魔力の足しにはならなくても、マフラーくらいにはなる。でもそれなら、生きたまま首に棲みつかせてしまえばそれでいい。

「侯爵さま、ウサちゃん、苛めないでください」

公爵の膝の上のノエルが、うるうるの目で訴えてくる。

「丸焼きとか、皮をはいでマフラーとか、ぜったいにしないでくださいね！」

可愛い顔でなかなか残忍なことを言う。

「……ノエル……」

公爵が渋い顔でため息をついた。

言われたヒースは一瞬啞然とした顔をして、それからククッと喉を鳴らして笑う。

いったいどういう思考回路をしているのだ、この馬鹿猫は！　とレネがこめかみにピクリと青筋を立てて睨んでも、仔猫には通じない。

「ウサちゃん、こっちおいで。ボクが護《まも》ってあげるからっ」

涙目で両手を差しのべてくる。

バカかこいつはっ。白羽根兎レネは冷めた目で仔猫を見やった。だがどうにも憎めない気持ちでため息をつく。公爵もきっと、仔猫の頭があまりにゆるすぎて、放っておけなかったに違いない。だからああして、ずっと膝の上で庇護《ひご》しているのだ。

「悪いね、ノエル。この子は私のペットなんだ」

膝の上で小さな頭をぐりぐりされる。見下ろす赤い瞳に愉快さと残忍さが滲む。

「ひたすら可愛い以外になんの役にもたたない兎でも、亜種なら観賞価値もあるからね」

なんの役にも……の件《くだり》が妙に強調されていたような気がしないでもなかったが、レネは今さらながらに打ちひしがれた。

——なんの役にもたたない……。

本当は貴族の自分が、役立たずの烙印《らくいん》を押される羽目になるなんて……。

がっくり……と小さな軀をさらに小さくしてうなだれる。

「兎は寂しいと死んでしまうのだそうだよ」

「……え⁉」

ヒースの言葉に過剰に反応したのは、当然のことながら公爵の膝の上の仔猫だった。青くなるノエルに、ヒースが面白そうに言う。

「人間界では、そういう話になっているらしい」

人間界では……と聞いて、ノエルがホッと安堵の息をつく。だが、安心はできないと思ったのか、不安そうな視線をレネに向けてきた。

馬鹿な上に超のつくお人よしだ。悪魔のはしくれのくせに。

「だから、可愛がってやらないとね」

ヒースの指が、レネの頤《おとがい》をとらえる。顔を上げさせられて、うるうるの金と青の瞳がヒースを捉えた。ヒースの口角が満足げに上がる。

「……意味が違うだろう」

公爵の深い呆れを滲ませたため息。

きょとんと見上げるノエルの無垢《むく》な瞳に捉《とら》われて、公爵は眉間の皺を深くする。

「毎晩いたいけな仔猫をいたぶって遊んでる誰かさんには言われたくないなぁ」

ヒースが「おいおい」と指摘を返す。公爵はむすっと無言で応じた。

「とりあえず忠告はしてやったぞ。噂に妙な尾鰭がついて収拾がつかなくなるまえに処理しろ」

指先ひとつで黒猫姿に変えたノエルを肩に、公爵が腰を上げる。「遊ぶのもほどほどにしておけ」

と言葉を足した。

「逃がしたあとで魚の大きさを嘆いても遅いぞ」

最後に、そんな言葉とともに一陣の風が吹き抜けて、それがおさまったときには、公爵と仔猫の姿は消えていた。

「……ったく、いつからそんな世話焼きなったのだ」

耳慣れぬ声で落とされる呟き。

「……？」

ヒースの視線を追ってアーチ窓の外を見やり、レネは金と青の瞳を瞬く。その手前、公爵が腰かけていたソファのテーブルには、山盛りのドーナツが残されていた。


ディナーのあと、ヒースは大魔王さまからの召喚を受けて出かけて行った。

夜空を巨大な鷲が羽ばたく姿を見たのも一瞬のこと、その影は瞬く間に魔界の闇《やみ》に消える。しばらくは戻らないだろう。

レネの部屋——正しくはヒースの自室だが——には、鍵《かぎ》の魔法がかけられていて、レネは部屋から出ることがかなわない。

山盛りのドーナツは好きに食べたらいいと、部屋に運ばれていたけれど、食べる気にはなれなかった。人間界の甘い菓子を模した食べ物は、どれだけ食べても魔力の足しにはならないらしいと、すでに学んでいる。

大きな姿見のまえにぴょこっと立って、レネは周囲を確認し、えいっと変化を解いた。ぽんっ！と弾ける音がして、煙の向こうから懐かしい姿が現れる。

だが、期待した変化は起きてはいなかった。どうにか人型に戻ったレネの頭には、いまだもって白く長い耳、お尻には丸い尻尾。

「はぁ……」

大きなため息をついて、近くにあったソファに腰を下ろす。

やはり、こんな姿は誰にも見せられない。

あの仔猫が猫耳と尻尾を装備した人型をとっていても許されるのは、小さくて愛らしいからだ。自分などがふわふわなウサミミをつけていても、ちっとも可愛くない。この姿でドーナツをぱくついていたりしたら、下級悪魔なら泣いて逃げ出すに違いない。

今一度、姿見に自分を映してみる。

艶やかな黒髪、白い肌、金と青の瞳は輝く宝石のように透明で、赤い唇の形は完璧だ。しなやかでスレンダーな肢体を品のいい黒衣に包み、胸元には貴族の証である大粒の宝石。

なのに、ウサミミ。

真っ白で、ふわふわな尻尾。

可愛ければまだいい。これでは滑稽なだけだ。

自分がもっと小さくて目が大きくて頬がふっくらしていて……そう、あの仔猫のように。

輝きを失ったままの胸元の宝石を見下ろして今一度ため息をつく。

「鏡の魔女は……棲んでないのか」

この姿見には、魔女も悪魔も棲んでいないらしい。願い事を聞いてはくれない。人生相談にものってくれない。

部屋から出られれば、ノイエンドルフ家の書庫を漁《あさ》ることもできるのに、この部屋に閉じ込められていてはどうにもできない。

貴族の館には、魔界のありとあらゆる古書や秘儀書がおさめられている。なかには悪魔について綴《つづ》った人間界の書物をコレクションしている貴族もいると聞く。

そんな書庫になら、レネのこの状態を解決する魔法について綴った書物がおさめられているかもしれない。長い歴史を持つ魔界でとうに忘れ去られてしまった魔法や薬物の使用方法が、古《いにしえ》の知恵のなかから見つかるかもしれないのに……。

アーチ窓から、月を見上げる。ヒースが帰ってきたら、また白羽根兎姿だ。

あの腕に抱かれたら、その温かさに甘んじてしまう。どんなに意地悪を言われても、それでもいいかと思ってしまう。

それではいけない。

やっぱり、もとの姿に戻らなくては。その上で、もう一度ヒースのまえに立つのだ。

ぐるぐると部屋を行ったり来たりして、考える。どうにかして館を抜けだして、魔界の外れに向かうしかない。黒猫族の長老猫又だか魔女だかの知恵を借りるしかない。

「ヒース、そろそろ帰ってくるかな」

胸のあたりまで垂れ下がるふわふわ耳をいじりながら、レネは窓際のソファで膝を抱える。ヒースの目を盗んで館を抜けだす方法を、懸命に考えた。

同時に、自分はなぜこんなにヒースに執着するのだろうかと考える。幼い日、仔猫と間違われて狩られかかって、綺麗な目だと誉めてもらって、でもそれだけだ。

『貴族に食われないように気をつけろ、仔猫ちゃん』

そうして、かすめ取るように奪われた触れるだけの口づけ。

『貴族になれたら、遊んでやる』

去り際に、ヒースはそう言った。だから生存競争を勝ち抜いて伯爵位を得るほどの悪魔になったのに、ヒースは全然相手をしてくれなくて……。

耳をいじっていた手を、そっと唇へ。あの夜触れられた場所を指先でそっとなぞってみる。ドクリ……と心臓が跳ねた。

あのときに、ロクでもない魔法をかけられたのかもしれない。

きっとそうだ。

こっちが子どもだと思って、何も知らないのをいいことに、執着の魔法か鎖の魔法かわからないけれど、きっと解けない術をかけたに違いない。

「ひきょう者……っ」

生まれたばかりの仔豹相手にずるい……っ、と口を尖《とが》らせる。断りもなくキスしたりして。あんな軽く、盗み取るみたいに。

潤む金と青の瞳で月を見上げて、切ないため息をつく。

美しくて愛らしくて可愛らしくて……魔界の誰もが欲しがるだろう、でも誰も知らないレネの素の表情。

伯爵位を背負って凜《りん》としたたたずまいを崩さない宴の席では、絶対に見せることのない表情だ。

こんな事態に陥るまでは、グレーフェンベルクの館内であっても、レネが伯爵然とした態度を崩すことはなかった。

それが貴族だと思っていたのだ。心の余裕がなかった。悪魔らしく快楽と怠惰を愉しむ方法すら知らなかった。

だって、『貴族になれたら、遊んでやる』って言ったのに、遊んでくれなかったから。教えてくれなかったから。

でも、それもこれも全部、ヒースの気まぐれな悪戯だ。食い損ねた仔猫――仔豹に、ちょっと悪戯をしかけただけのこと。忘れて当然。覚えていなくて当然。

そう考えたら、なんだか無性に腹が立ってきた。

こちらはずーっとヒースだけを見てきたのに。そう仕向けられていただけだったなんて。ずるい！

「ただじゃ出ていかないからなっ」

月を見上げて口を尖らせる。

抱っこされても、やさしく撫でてもらっても、もう心を動かされない。愛玩される立場に甘んじてもいいなんて考えない。白羽根兎レネではなく、レネ・グレーツェンベルク伯爵に戻るのだ。

大魔王さまは、ときおり暇つぶしに貴族を呼び出す。

呼び出して、愚痴を聞かされたり、チェスの相手をさせられたり、次の貴族候補などについて相談を受けることもあるけれど、多くは雑用だ。それでも召喚には応じなければならない。

ヒースが十連覇したところで、チェスの相手から解放された。魔界のチェスは、人間界のそれとは違い、人間をチェスの駒《こま》に見立て、その人間がどう動くかによって駒を進めるというもの。

現在進行形もあれば、時間を巻き戻して行うこともある。

今の大魔王さまは、生きた人間を駒にするのは悪趣味だといって、時間を遡《さかのぼ》り、過去に生きた人間の事例を使ってチェスを遊ぶ。事前にその人間についての情報を仕入れていなければ、フェアな勝負ができる。

何より、現代に生きる人間よりも、過去の人間たちのほうが可愛げがあるし、生きざまも面白い。現代人類は忙《せわ》しないばかりでまったく面白みに欠ける。――というのが、大魔王さまと側近たち共通の見解だ。

「お帰りなさいませ。ずいぶんとお早いお戻りで」

「チェスで私が十連勝したら、大魔王さまが拗ねてしまわれた」

大仰に肩を竦《すく》めて報告すると、ギーレンが「それはそれは」と微笑ましげに応じる。いつもの能面顔で。

今の大魔王さまは柔軟な思考の持ち主で、強大な魔力をひけらかすような恐怖政治はしないかわりに、配下の者に悪戯をしかけたり、今日のようにたいした用事もなく呼び出したりといった茶目っ気が目立つ。人間の愛人を囲おうとしたこともあって、あの騒動のときは側近一同肝を冷やしたものだ。

そんな大魔王さまの相手をするのはやぶさかではないが、今宵は早く帰りたかった。レネを閉じこめてきてしまったからだ。

ベッドの隅っこで丸くなって眠っているに違いない。いいかげんに白旗を上げればいいものを、強情なことだ。

そろそろヒースのほうが白羽根兎姿に飽きてきた。可愛らしいのだが、それだけでは物足りないと感じてしまう。

仔豹のときは、小さくても牙も爪もあった。だが羽根兎にはそれすらない。口が利けないから、小生意気なことを言う艶やかな声も久しく聞いていない。

長い長い時を生きる悪魔にとってはたわいもない時間だが、退屈を嫌うのもまた悪魔の特徴的性質。つまらないと思ってしまったら、もうダメなのだ。

「職人からこちらが届いております」

ギーレンが差し出したのは、白羽根兎レネのためにつくらせたドレスと耳飾りだった。

どちらも専門の職人に特注した品で、髪飾りには魔海真珠や血赤珊瑚《さんご》などを贅沢《ぜいたく》に使い繊細な細工を施している。ドレスは真っ白なレース地を組み合わせたもので、白羽根兎のふわふわな毛並みを潰さない工夫がなされている。頭にちょこんっとのせる小さな帽子にも、同じレースが飾られていて、白ふわなレネが着たら間違いなく可愛らしい。

レネが微妙な顔をするのをわかっていて特注したものだが、さてどうするか。最近では、あまり嫌がらずに洋服も着るようになってしまった。それはそれでつまらない。

まったく勝手なものだと自分で自分に苦笑しながら、ヒースはそれを手に自室に向かった。寝ていたら起こして着せればいい。

廊下を進むと、壁を飾る燭台《しょくだい》が自らポッポッと火を灯《とも》して、順番にヒースの足元を照らす。主が通りすぎればまた消えて、眠りにつく。

足元には、レネの衣装を載せたトレーを運ぶゼブラ模様のテンたち。ヒースの歩く速さに合わせてついてくる。一番後ろに、水差しの載ったトレーを手にしたギーレンがつづく。

寝室は、わずかなフットライトにのみ照らされていた。冥界蛍がベッドの脚にとまって淡い光を灯しているのだ。

テンたちがするするとテーブルを昇って、トレーを置く。ギーレンはリビングのテーブルにトレーを置いて、テンたちを引き連れ、部屋を出ていった。

レネは案の定ベッドの隅、ちょうどアーチ窓から差しこむ月明かりのなかで眠っていた。少しでも魔力を得ようとする無意識の行動かもしれない。

傍らに腰を落とし、ふわふわの毛を撫でる。

レネの長い耳がピクリと反応した。丸い尾がふるりと揺れる。前肢が眠そうに目を擦る。それからゆっくりと青い瞳が開いた。それから金色のほうも。

「きゅ……」

眠そうな声で鳴く。「おかえり」と言ったように、ヒースには聞こえた。

「主を出迎えもせず寝ていたのか？」

いい度胸だ……と、ずいっと顔を近づけて意地悪い声で言ってやる。レネは大きな瞳を数度瞬き、それから慌てた様子で起き上がる。けれど寝ぼけているのか、シーツに足をとられてこてんっと転がってしまった。

「きゅいっ」

ヒースが笑いを零すと、不服を訴えるかのように撫でる手に鼻先をぐりぐりと押しつけてくる。

「笑うなっ」と羞恥に涙目になりながら訴えているらしい。

「起きたのならちょうどいい。新しい衣装が届いたところだ」

着せてみようとレネを抱き上げると、大きな瞳がさらに零れ落ちんばかりに開かれる。「また？」「今度はどんなの？」と戦々恐々としているのが伝わってきて、ヒースは愉快な気持ちに駆られた。

「レースたっぷりで可愛いだろう？　きっと似合う」

見せられた衣装を前に、長い耳をぺたりと引きずって、レネは無言。心なしか肩が落ちているようにも見える。「これ着るの？」とその目が訴えている。

そうなると、俄然《がぜん》楽しくなるのがヒースの気質だ。

今の白羽根兎の姿なら絶対に似合うとわかるだろうに、自分が可愛いらしいものなど……と、どうしても思ってしまうようだ。

「さあ、おいで」

「きゅいぃ」

え〜？　と不満げな視線で下から見上げてくる。その鼻先を指先でちょんちょんっとやって、ヒースはまずは可愛らしい帽子をかぶせてやった。白に金糸のレースがふわふわな白毛によく映える。それに気を良くして、ドレスも着せてやる。ぷりんっとした尻尾がレースの裾からはみ出ているのがなんとも愛らしい。

長い耳には細かな細工の施された耳飾りを。繊細な細工もののこちらはまんざらでもないようで、レネは長い耳を揺らしてたしかめている。

「気に入ったか？」

「きゅ……」

微妙な顔をしながらも、レネは一応頷いた。

そのレネを膝に抱いて、ヒースは窓際のカウチチェアに。

胸の上にふわふわな抱き枕、傍らに血赤ワイン、銀色の月を見上げながら魔界の歴史を綴った分厚い本を捲《めく》る。実に優雅な時間だ。

実のところ、大魔王さまからこれの最新版の編纂《へんさん》を依頼されていて、過去に遡ってすべてに目をとおさなければならないのだが、これがなかなか重労働だ。もっと問題なのは、ここ二千年あまり、天界とのさしたる諍いもない状況で、果たして何を綴るのか、ということだった。まったく大魔王さまも面倒な仕事を押しつけてくれたものだ。

ヒースの読むスピードに合わせて、分厚い本を支える二匹の守宮《ヤモリ》がページを捲る。この館の書庫の管理を任されている番《つが》いの使役守宮だ。

そうした小型魔獣たちも、ヒースの胸の上でうとうとしはじめた白ふわなレネの存在は気にかかるようで、タイミングを見計らっては鼻先を寄せてみたり、長い耳をつついてみたりしている。この館に仕える仲間なのか違うのか、計りかねているのだろう。

守宮に鼻先を寄せられて、ウトウトしていたレネがぎょっとした様子で目を瞠《みは》る。反射的にあとずさりかけたものの、ヒースに抱かれているためにできなかったようだ。

大きな目をパチクリさせて、守宮を見やる。自分の館の書庫にも棲みついているだろうに……まぁたしかに、あの距離で顔を寄せられれば驚いて当然だ。

「きゅ……」

瞳を瞬いて、それから救いを求めるようにヒースを見る。すっかり目も覚めた様子で、胸の上のあたりまでよじ登ってきた。

「守宮は何もしない。おまえに興味があるんだ」

「きゅい？」

そうなの？　と金と青の瞳が瞬く。小首を傾げて、そして今度はレネのほうから守宮に鼻先を寄せた。

「それはなしだ」

ちょっと待て、と二匹の鼻先の間に手を差し込む。守宮はそそくさと本のところへ戻った。レネはきょとりとヒースを見上げている。

まったくこれだから世間知らずは困る。主以外に唇を許そうとするとは……。

館で使役されている小型魔獣同士が鼻先をつきつけあったりキスをしたりするのは、互いの確認や意識疎通のために行う行為であって他意はないのだが、レネは使役獣ではない。

「もういい。戻れ」

書庫に本を片付けておくように命じると、二匹の守宮は背に分厚い本を抱えてするすると部屋を出て行った。

「きゅ……」

レネの鼻先を摘むと小さな悲鳴を上げる。そして「なにするの」と不満を訴えるかのように小さな歯でかぷりとヒースの指先に食らいついた。

もちろん歯は立てていないし、たいして痛くもない、いわゆる甘嚙みというやつだが、ヒースの眉がピクリと跳ねるのを見て、レネの頬をたらり……と冷や汗が伝い落ちる。

「人間界ではこういうのを、飼い犬に手を嚙まれるとか言うのだったな」

そんなことを呟いて、首を傾げるレネの耳を摑みあげる。

「きゅい～っ」

こうされるともう、兎は身動きがとれない。じたじたと暴れたところで無駄だ。そのままベッドに放ってやると、ころんっと転がったあと、恨めしげに睨み上げてきた。

まったく気が強くて困る。そろそろいいかと思っていたが、まだもう少し、手元でいじくりまわして可愛がってやろう。

そう決めて、ヒースはレネを枕元に、ベッドに入る。抱き心地が悪いことに気づいて、着せたばかりの衣装は脱がしてしまった。

腕枕をしてやると、レネはおずおずとその場で丸くなる。気恥ずかしいのか、顔を隠すように長い耳に埋めた。

ふわふわの毛玉が、腕のなかでぷるぷると震えている。恥ずかしいのと、このあと何をされるのだろうかという不安と、両方だろう。

その丸まった背を満足げに撫でて、ヒースはレネを腕に月を見上げる。

上級悪魔は、その気になれば眠る必要もないが、小型魔獣はそういうわけにはいかない。

やがてレネの呼吸が規則正しくなって、白毛がふわふわと空気を含みはじめる。すっかり寝入った白羽根兎レネは、まるでゆたんぽのように温かかった。

眠る必要などないはずなのに、眠りを誘われる。

それに身を任せるのも一興だ。悪魔にはいくらでも時間がある。


月が傾ききったころ、レネはそっと片目を開けた。

隙をうかがっていたら、都合よくヒースが眠ってくれて、これなら館を抜けだせるかもしれない。

鎖の魔法がかかっているはずだけれど、館のなかなら大丈夫のはずだ。部屋から出られない魔法は、ヒースが館に戻った時点で解かれている。うまくいけば領地内もいけるかもしれない。

ヒースを起こさないように、そっと腕の囲いを抜けだす。ベッドを降りようとして、ふと思い立って脚を止めた。

チラリとヒースを振り返る。珍しいことに、すっかり寝入っている様子だ。

その胸元には、貴族の証である大粒の宝石。細かな細工の施されたそれは、ヒース自身と言っても過言ではない。

ぴょこっと近寄って、本当に眠っているのか確認するために鼻先を寄せる。守宮にやったら叱られた仕種だけれど、眠っているのなら咎められる心配もない。

ふんふんと鼻先を寄せたら、ちゅっと唇が触れてしまった。電流が走ったように長い耳がふわり……と舞う。レネは金と青の瞳を瞬いた。

どういうわけか、ヒースの眠りは深いようだ。

じっと寝顔を見つめていたら、一度はおさまったはずの先の腹立たしさが思い起こされて、レネは眉間に皺を寄せる。

大好きだけれど、憎らしい。

やさしく撫でてくれたかと思えば意地悪するし、レネ・グレーフェンベルク伯爵が姿を見せなくなってても心配ひとつしてくれないし、公爵が話題に昇らせたときもつれなかった。

うまく館を抜けだせても、魔界の外れまで辿りつくまえに、小さい上に白くて目立つ羽根兎は、凶暴な魔獣に捕食されてしまうかもしれない。

もう一度ヒースに会える保証はどこにもない。

そう思ったら、少し悲しくもなって、レネは今一度ヒースに口づけた。とはいえ、兎姿だから、軽く触れるだけ、じゃれついて舐めているようにしか見えないものだ。それでも本人は口づけのつもりだった。

最後になるかもしれないのなら、少しだけヒースを困らせてやりたい。

そんな悪戯心も湧いて、レネは目のまえで輝く大きな宝石に手を伸ばす。白羽根兎のレネごときが触れられるはずもない高貴な宝石のはずなのだけれど、なぜかそれはレネの……羽根兎の白い前肢におさまった。

——きれい……。

触れただけで、強大なエネルギーが感じられる。宝石は魔力の塊のようなものだ。それがおさまりきらなくて、わずかずつではあるが漏れてきているようにも感じられる。

魔界ナンバースリーの呼び声は伊達《だて》ではない。

いつも自分に意地悪をして、宴の席では軽薄に情人を侍《はべ》らせている姿しか見せないから、つい侮りがちだけれど、ヒースは間違いなく侯爵位を持つ上級悪魔なのだ。

その自分の手にはあまる宝石に、レネはパクリと食いついた。そしてヒースの胸元から奪い取る。

ぴょんっとベッドを飛び降りたあたりで、咥えていた宝石が自らレネの首に鎖をまわして、白毛の胸を飾った。

——……え？

どうして？　と驚きに目を瞬く。けれど、ヒースに見つかるまえに館を抜けだすほうが先だ。レネは部屋を横切り、重厚な扉へと駆ける。重い扉をどうやって開けようか……と考えていたら、胸の宝石の働きだろうか、レネが近寄ると扉は自然と開いた。

——よし、いいぞ。

これなら抜けだせる。

それに、ヒースの宝石を胸に戴いていれば、魔獣たちが襲ってこない可能性もある。

一目散に魔界の外れに駆けて、長老猫又だか魔女だかに会わなくては。今度こそ、知能の低い魔獣に食われそうになったり、ヒース以外の貴族に見つかって連れ去られたりすることのないように注意を払わなければいけない。

ギーレンに見つからないように、足音を殺して館の廊下を駆け、どうにか玄関に辿りつく。ドアが開かなければ諦めるしかないと思ったのだが、寝室を抜けだしたとき同様、重厚なドアは自然と開いた。

外を確認して、覚悟を決め、駆けだす。

まずは紫紺薔薇の葉陰を目指して駆け、刺の間を駆け抜ける。館の主の宝石に反応してか、紫紺薔薇は枝葉をざわめかせ、レネのために道を開けてくれた。

魔界の外れに向かうには、どうしても銀の森を抜けなくてはならない。

凶暴で知能の低い下級魔獣が多く棲む銀の森は、一番の難関だ。逆に言えば、あそこを抜けられたら、問題の大半をクリアしたことになる。

そのまえに、まずは黒蓮華の草原を抜けなくては。遮《さえぎ》るもののない草原は、もしかすると森より危険かもしれないけれど、空から飛来する者さえなければ、きっとなんとかなる。

本当は白い毛色を黒く見せる魔法が使えたらいいのだけれど、今のレネには無理な話だった。最短距離を選んで懸命に駆ける。

途中で黒毛の羽根兎たちが顔を出して、「どうしたの？」と尋ねるかのように首を傾げたり、声をかけてきたり、並んで駆けっこをはじめたりしたれけど、相手をしていられる余裕はなかった。だが、彼らがいるということは、今上空に危険はないということだ。

白羽根兎レネは懸命に駆けた。

駆けて駆けて、銀の森の入り口が見える場所まで辿りつく。そこへ飛び込んで、ひとまず安堵した。黒蓮華の花畑では襲われなかった。次は銀の森だ。

引きずるほどに長い耳を羽根のように揺らして、レネは森の奥へと分け入る。

非力な兎の姿で立ち入るにはあまりにも危険な場所だけれど、でも今は元に戻りたい気持ちのほうが勝っていた。

必死に駆けるレネの姿に驚いたのか、興味をそそられるのか、森に棲む小型魔獣たちが、下草の陰から顔を覗かせる。

けれど、懸命に走るレネの速さについてこられないようで、みんな唖然と見送るばかりだ。

このまま森の奥の氷の湖まで走り抜けて、あそこでひと休みしよう。うまく辿りつけそうな気がする……と、気をゆるめたわけではないが、考えたときだった。

ドドドドド……ッと、どこかで聞き覚えのある地響きが、遠くからこちらへ近づいてくることに気づく。

——この音……。

もしかして……と思ったときには、その危険はすぐ間近に迫っていた。

ザザザ……ッと下草を踏む音。若い木々をなぎ倒し、下草を踏みつけ、こちらにやってくる。この嫌な気配は……。

のおおお……っ！　と突如木陰から姿を現したのは、案の定の肉食大青虫だった。森の掃除屋の異名を取る食欲お化けが、羽根兎の匂いを嗅《か》ぎつけないわけがない。

しかも白毛の珍種だ。さらにはヒースのもとで美味しいものばかり食べていたから、身体中からお菓子の甘い匂いを放っている。

言ってみれば今のレネは、食べて食べて……と、アピールしながら危険な森を走っているようなものだった。

そのことに、いまさら気づく。

「ぴゃあぁぁぁ……っ！」

――いやあぁ～～～っ！

肉食大青虫の気持ち悪い姿を目にした途端、レネは一目散に逃げ出した。充分に速いスピードで駆けていたはずなのに、短い足を懸命に動かしてさらにスピードアップする。まさしく火事場の馬鹿力というやつだ。

――やだやだやだやだ、絶対にいやだっ！

こんな知能のかけらもない下級魔獣に食われるなんて絶対に嫌だ。だったら貴族に狩られるほうがずっとマシだ。ヒースの館で一生羽根兎として過ごすほうがずっとずっとマシだ。

とにかく逃げきらなくては……！

レネは長い耳を翼のようにはばたかせて駆けた。上空から目立つことを心配するよりも、今は肉食大青虫を振りきることのほうが優先事項だ。

騒動に驚いた小型魔獣たちが葉陰から顔を覗かせる。けれどレネを助けてくれようとするものはない。当然だ。補食対象となる彼らにとっては、生き残ることが最優先なのだから。ひとにかまってなどいられない。

羽根兎もゼブラ模様のテンも黒栗鼠《リス》も、のんびりと過ごしていた小型魔獣たちが、突然の肉食大青虫の襲撃に驚いて、大慌てで逃げ出した。

草を食《は》むのに懸命で肉食大青虫に気づくのが遅れた羽根兎の子どもが、最後尾から下草を駆ける途中で小石に蹴躓《けつまず》いてこてんっと転ぶ。

仲間たちが気にするものの、助けには戻れない。遠くのほうから、もしくは逃げこんだ先の葉陰から心配げに見守るだけだ。

「きゅい〜」

仔兎の切なげな鳴き声。

——ああ、もうっ。

レネは胸中で毒づく。

どうして視界に入ってきたのか。気づかなければスルーできたのに。見てしまったら放っておけないではないか。

駆けるスピードはそのままに、兎の俊敏性を活《い》かして方向転換する。

肉食大青虫は、いまにも仔兎を食わんと大きな口を開けて突進してくる。その肉食大青虫に頭からつっこむような勢いで、レネは仔兎に向かって駆けた。

あわや仔兎が肉食大青虫の口に消える寸前で、仔兎の首根っこを咥えて仲間たちのほうへ放ることに成功する。そのかわりに、自分がその場に取り残されてしまった。肉食大青虫の大きな口が降ってくる。

もうダメだ……と、咄嗟に首を竦める。

痛いのは嫌だ。どうせ食われるならならひと呑みに……と思ったところで、遠くに羽音を聞いた気がした。

直後、間近に悲鳴。

「ぎゃぁあああ……っ！」

空から振りおろされた閃光によって縦まっぷたつにされた肉食大青虫が、叫びをあげて塵と消えていく。

――……え？

レネに放られた仔兎が、仲間の群れに自力で駆けていく。だが、とうのレネはその場から動けなかった。

風切り音と羽音。吹き抜ける一陣の風。

大きな鉤爪がレネを摑んだ。

あっという間に上空に舞い上がる。

確かめるまでもなかった。レネの脱走に気づいたヒースが追いかけてきたのだ。

助かった……と安堵する気持ち以上に、こんなに早く見つかるなんて……という気持ちが勝る。助かったからこそ言えることだが、今のレネには上を見上げる勇気すらなかった。

今度こそ鳥籠に入れられるかもしれない。

珍しいだけで言うことを聞かない可愛げのない愛玩兎など、宴の見せ物にされるかもしれない。

――もう嫌だ……。

自分はただ、公爵の寵愛を受ける仔猫の素直さが羨ましかっただけなのだ。愛され方を本能で知っている羽根兎が羨ましかっただけなのだ。

自分も黒豹などではなく、もう少し可愛く生まれついていたらヒースの興味を惹けたのかもしれない…などと考えたのは、貴族にあるまじき所業だったのか。

「きゅい……」

――はなして。

「きゅいぃぃぃ……っ」

――放せ……っ！

どんなに訴えても、聞こえるのは羽根兎の鳴き声ばかり。

あっという間にノイエンドルフの館に連れ戻されて、安堵の表情で出迎えたギーレンの顔を見たのも一瞬のこと、ヒースの自室に連れられ、ベッドにぽんっと放られてしまった。

そのときになってようやく、自分がほとんど腰を抜かした状態であることに気づく。

ろくな魔力も使えない状況で肉食大青虫に襲われて、逃げるのが精いっぱいだとわかっているにもかかわらず、仔兎を助けたりして。ヒースの救出が一瞬でも遅ければ、確実に食われていた。恐ろしくて当然だ。

「バカが。非力な兎のくせして、仔兎に情けなどかけるからだ」

己の身すら守れないくせに、ほかを気にしている場合ではないだろうと言われて、反論の余地もない。

「きゅ……」

白羽根兎姿のまま、レネはベッドの上に放心状態でへたりこんだ。

今さら震えが襲ってきて、つぶらな金と青の瞳に涙が滲む。しかたないではないか。仔兎が転ぶのが見えてしまったのだから。

軀は羽根兎でも、なかみは貴族のグレーフェンベルク伯爵なのだ。小さなものを見捨てるなどできない。

まだ貴族に名を連ねて日の浅いレネではあっても、貴族に求められる資質は当然理解している。貴族を名乗る上級悪魔になるべくして生まれた、真の姿は黒豹なのだ。あそこで仔兎を見捨てたりしたら、たとえ元の姿に戻れたとしても、二度と貴族を名乗れない。

今はこんな姿だけれど、絶対に捨てられないプライドがあるのだ。貴族としての誇りがあるのだ。

庇護を求めてくる弱い者たちは、狩りの対象ではない。守り愛玩すべき対象だ。食う者と食われる者の攻防こそが銀の森の息吹そのものといっても、目のまえで行われるそれを、見て見ぬふりをすることなどできなかったのだ。

どうせ今の自分は非力な羽根兎だ。下級魔獣にすら狩られる対象の、小型魔獣の子ども一匹救うこともできない程度の存在でしかない。

誰のためでもない。貴族としての誇りのために、生まれ持った牙も爪も、揮うことはもうかなわないのか。大好きな人にこんなふうに言われて、言い訳すらできないままに、ただ愛でられるだけの一生を送るのか。

肉食大青虫に追われていたときは、食われるくらいなら一生囲われたほうがマシだと思いもしたけれど、でもいざとなったらやはり受け入れがたかった。

「だったら、放っておけばよかったでしょう！」

響いたのは、羽根兎の鳴き声でなかった。

青くなってぷるぷると震えていた白羽根兎レネが、我慢できずに叫んだ声が、鳴き声ではなく、レネの声で放たれたのだ。

これにはさすがのヒースも驚いた顔を向ける。

勝手に持ち出したヒースの宝石の力が影響しているのかもしれないが、本当のところはよくわからない。その宝石はというと、いつの間にかヒースの胸元にあった。

レネが金と青の瞳を瞬くと、ぽんっ！　と弾ける音がして、真っ白なふわ毛におおわれていた小さな躯が、見る間に人型をとった。そんなつもりはなかったのに、勢い余って人型に変化してしまったのだ。

「……っ⁉」

だが、やはりというか、どうしていまさらというか、頭には白くてふかふかのウサミミ、お尻にはまぁるい尻尾。

「……っ！」

――見られた……！

ヒースに知られてしまった……！

決死の覚悟で魔界の外れをめざしたのに怖い思いをして、決死の覚悟で仔兎をたすけたのにヒースには怒鳴られて。さらには、どうしても隠しておきたかったウサミミ尻尾つきの恥ずかしい姿を曝してしまうだなんて……。

この姿を見られたくないがために、羽根兎姿に甘んじていたというのに……。

――もういやだ……っ。

今度こそいろいろどうでもよくなって、レネはその格好のまま、再びぺたんっとベッドにへたりこんだ。

笑われる。

絶対に馬鹿にされる。

――恥ずかしい……っ。

艶やかな黒髪を乱した恰好で、長い睫毛に飾られた涼やかな金と青の瞳を涙に濡《ぬ》らし、白い頬を紅潮させて、かたちのいい唇を嚙む。

長い睫毛を瞬くと、透明な涙の滴がほろり……と零れ落ちた。羞恥に耐えきれず、ふいっとそっぽを向く。その頤をヒースの長い指が捕らえた。

「なにを泣く？」

レネの姿に言及するでもなく、ヒースはわかりきったことを尋ねてきた。

「あ、あなたが意地悪ばかりするからでしょう！」

そんなことを聞かれて、キレない悪魔がいるならお目にかかりたい。「出会ったときからずっと……！」とレネが嚙みつくと、ヒースはなんのことだと言わんばかりに首を傾げてみせる。

「意地悪？」

そんな覚えはないが……と、本心なのか惚《とぼ》けているだけなのか、わからないことを言われて、レネは眦を吊り上げた。

「……っ!?　初対面で仔猫と間違えたくせに……！」

いずれは貴族を名乗るべく生まれた黒豹の子どもを捕まえて、よりにもよって執事職を生業とする黒猫族の子どもと間違えるなんて……！

「あれは本当に仔猫に見えたのだからしかたあるまい」

そんなサイズだったではないかと返されて、レネはぐっと唇を嚙む。たしかに黒豹の幼体と黒猫族の子どもはよく似ているけれど……っ。

「覚えてないなんて嘘ばっかり……！」

伯爵位を戴いて、これでようやく貴族の仲間入りができたと、めかしこんで宴の場に出向いたのに、ヒースはレネのことを覚えてもいなかった。「貴族になれたら、遊んでやる」と、出会いの日の別れ際に言ったのに……！

「覚えていないとは言ってない。誰だったかと尋ねただけだ」

「同じことだっ」

そういうのを詭弁《きべん》と言うのだと眉を吊り上げる。完璧な美貌の主がそんな表情をすると本当に怖いのだが、ヒースは飄々《ひょうひょう》としている。

「いつもろくに相手してくれないし……」

「頼まれた覚えがないな」

宴に参列しているほかの悪魔たちの相手はしているではないか。

「……っ、公爵さまのところの仔猫はかまうくせにっ」

「ノエルをいじるとクライドの反応が愉快なのだ」

ノエルをかまっているのではなく、ライヒヴァイン公爵の反応を見て愉しんでいるのだと返されて、レネは思わず瞳を瞬いた。

だがすぐに気を取り直して、キッと赤い瞳を見据える。

「誰のせいでこんな姿になったと思って――」

「私のせいだとでも？」

「……っ」

そうだ！　と即答できないのが悔しい。

ヒースがやさしくしてくれないから、かまってくれないから、だから羽根兎だったら……なんて考えてしまったのではないか。そんなことを思わなければ、こんなことにはならなかった。

唇を嚙むレネの、そんな表情をしていても美しい顔を満足げに観察していたヒースが、「それにしても……」と、どこか愉快気に言葉を継ぐ。

「魔界一の美貌と誉れ高い伯爵がウサミミとは……」

しかも白色とは……と、胸元まで垂れる長い耳に手を伸ばされる。

「……っ、やめ……っ」

さわるな……っと、振り払うと、その態度が気にくわなかったのか、今度はぐいっと耳を引っ張られた。そのままヒースの胸に倒れ込んで、拘束されてしまった。

　長い耳を掬いとられ、その感触をたしかめるかのようにヒースが口許へ運ぶ。ゾクリ……と、経験のない感覚がレネの背筋を震わせた。

「放……っ」

「黒豹の耳はどうした？　尻尾はもっと長くなかったか？」

　揶揄の言葉を落としながら、ヒースはレネの腰を引き寄せ、間近に金と青の瞳を覗きこむ。レネの白い頬がカッと朱に染まった。

「……ら、な……」

「……ん？」

　掬い取ったウサミミに唇を寄せた恰好で、ヒースが問い返す。くすぐったくて、首を竦めた。思えば、この姿でヒースと間近に接するのははじめてなのだ。白羽根兎姿でヒースの腕に抱かれるのいはさすがに慣れはじめていたけれど、ウサミミ尻尾装備とはいえ人型の今は、距離感が全然違う。

　妙にドキドキして思考がまわらないしまとまらない。ついつい感情的に言葉を返してしまうし、喜怒哀楽の振り幅も激しい。

「知らないっ！　気づいたら羽根兎になってたんだ！」

　どうしてかなんて、こっちが聞きたい。

「……ちょっと羨ましいって思っただけだったのに……」

いったいどんな力が影響してこんなことになったのか、レネにはさっぱりだ。だから魔界の外れに棲むという長老猫又だか魔女だかを訪ねようとしていたのではないか。

「羨ましい？　高貴な黒豹が、小さな羽根兎のなにを羨む必要がある？」

だから、全部ヒースのせいだと言っているのにっ。

ふいっとそっぽを向くと、許さないというように、長い指に頤を捕らえられ、顔を上げさせられる。

ウサミミ尻尾のせいで本来の魔力の使えないレネには、抗いようがない。

「……っ、羽根兎も仔猫も、可愛い…から……」

自分で言っていて情けなくなってきた。

「どうせ私の爪は鋭くて牙は怖くて、全然可愛くない……っ、……っ」

かたちのいい唇を噛んで、ふいっとそっぽを向く。頤を摑んで引き戻すかわりに、今度は耳をなぞられる。またもゾクゾクとした感覚がレネを襲って、小さく息を乱した。

「可愛らしい耳だと思うが」

「これは羽根兎の耳だっ」

「尻尾もふわふわで触り心地がいい」

「さ、さわるなっ」

むずむずするっと涙目で訴える。ヒースの赤い瞳がスッと細められた。愉快そうに口角を上げる。すごくすごく意地悪な顔だった。絶対によからぬことを考えている顔だ。見覚えがある。宴のときとか……いや、はじめて出会ったときだ。あのときも、こんな顔でまだ仔豹だったレネをいたぶって、そしてかすめ取るように……。

——……っ⁉

あのときヒースは、まだ小さなレネにキスをして、「貴族に食われないように気をつけろ」と言った。

——……食われる？

あのときは深く考えなかった言葉の意味が、いまさらじわじわと実感させられて、レネは金と青の瞳をゆるり……と見開いた。

「ヒース……⁉」

瞳を瞬くレネの視界のなか、ヒースの赤い瞳が妖《あや》しい色を宿して眇められる。腰にまわされた手が臀部《でんぶ》を滑り、ぽわぽわの尻尾を撫でる。

「や……め……っ」

「羽根兎なら羽根兎らしく、黙って寵愛されていればそれでいい」

何を嘆く必要がある？　と揶揄の滲む声。

「……！　私は羽根兎ではない……っ」

この姿は望んだものではなくて……いや、望んだのはたしかだけれど、でも不慮の事故というか不測の事態によるものであって、決して納得しているわけではない。

「甘んじて愛でられる気はないと？」

「あたりまえ……、ちょ……っ」

二度と真っ白羽根兎姿になどなるものか……！　と、金と青の瞳で睨み上げる。だが、尻尾の付け根をいじられて、「ひゃ……っ」と高い声を上げた。

「それは残念だな。もう少し楽しめるかと思っていたのに」

それに、あの姿でいればドーナツも食べ放題だぞ？　と揶揄される。食べたかったのだろう？　と言われて、レネは「え？」と瞳を瞬いた。

「もしかして……」

ふいにある考えが脳裏を過る。この姿のレネにヒースがたいして驚いていない理由もそれで説明がつく。

「知って……？」

最初からわかっていた？

白羽根兎がレネだと気付いていた？

わかった上で、愛玩兎として扱っていた？

「すぐにわかったに決まっているだろう」

黒蓮華の花畑をぴょこぴょこと懸命に駆ける姿を見つけたときからわかっていたと返されて、レネは金と青の瞳を見開いた。

「……っ!?」

うそ……という呟きに、ヒースが愉快そうに笑う。ぽわぽわの尻尾をいじりながら。

「見間違えるわけがない。最初に唾《つば》をつけたのは私なのだからな」

「……？」

言葉の意味を計りかねて、レネが首を傾げる。

ストイックな美貌の主がウサミミを生やしてするそんな仕種は、ヒースの日を愉しませるに充分な淫靡《いんび》さだった。

「な、なに……？」

「もう少しゆっくり愉しむつもりでいたのだが……まぁいい」

悪魔にはいくらでも時間がある。愉しみはどれほどあとにとっておいても困らない。それどころか愉しみが増す。ヒースは好物はあとにとっておくタイプだった。

だが、侯爵閣下のそんな心づもりなど、レネの知るところではない。

「……え？」

いったいなんの話……？　と長い睫毛を瞬く。戸惑いをたたえた金と青の瞳は、悪魔らしからぬ無垢な色。

涼やかな美貌が内面の幼さを垣間見せると、途端に危うさが増す。それは、ヒースの嗜虐心を炊きつけるに充分な、儚《はかな》さにも通じる表情だった。

戸惑いに瞬く長い睫毛に溜《た》まっていた雫《しずく》がほろり……と頬を伝う。それに気づいたヒースが顔を寄せてきて、涙のあとをベロリと舐められた。レネはひたすら言葉もなく目を瞠るのみ。

意味を問うかのように長い睫毛を瞬いても、ヒースはニンマリと口角を上げるだけで、答えてはくれない。

「口を開けろ」

「……え？」

なんで？　と問おうとしたところを突かれた。

「……っ!?　……んんっ！」

何をされたのか、咄嗟に理解できなかった。幼い日にかすめ取られたものとは、まるで違っていたからだ。

いきなり深く口づけられて、滑ったものに口腔《こうこう》を舐《ねぶ》られる。のしかかる肩を押し返そうにも魔力はほとんど役にたたなかった。

相手がヒースでは力でかなわないというのもあるが、それ以上に咄嗟の事態に思考が半ばパニックで、対処法が思いつかないのだ。

そのままベッドに倒されて、レネは金と青の瞳を見開いたまま、赤い瞳を見上げた。

「ヒー……ス……？　……っ」

親指の腹で唇をなぞられる。その場所が濡れているのに気づいて、なんで……？　と瞳を瞬いた瞬間には意味を理解して、カッと頬に血が昇った。

「あ……」

快楽に従順な悪魔に生まれ落ちながら、無垢なまま成長したレネは何もかも未経験で、それは魔界においては奇跡に等しい。位の低い魔族ならともかく、貴族にとって自由にならないものなどないのだから。あるとすれば自分より高位の者たちだけだ。

その数少ない例外のひとりであるヒースだけを追いかけていたから、まっさらなまま伯爵位を戴くまでになってしまった。

自分がそんな稀有《けう》な存在である自覚などないままに、当然そうなった原因になど考えも及ばないままに、レネはヒースの赤い瞳に捕らわれる。

幼い日、美しく高貴な貴族の姿をはじめて目にしたあの日の記憶が唐突に呼び覚まされた。

銀の飾り羽を持つ大鷲が赤い瞳の貴族に変化するのを、首が痛くなるほど間近に見上げた、仔猫に間違われるほどに小さかった日のことを。

啞然呆然と固まるレネの頰を、ヒースの指の長い綺麗な手がそっと撫でる。その心地好さにうっとりと浸ったのも束の間、その手がスーッとレネの身体の上を撫でるように落ちて……、次の瞬間、黒衣が微塵《みじん》に引き裂かれた。

「……っ！　な……っ」

レネの白い肌が余すところなく露《あら》わになる。

ウサミミで顔は隠せても身体までは足りない。ぽわぽわの尻尾は可愛いだけで、黒豹の長い尾のように己を守ることもままならない。

「……!?　ヒース!?」

突然背後から大きな手に頤を捕られた。目のまえにいたはずのヒースに、白い身体を背中から拘束されている。

「……う、……んっ」

無理な体勢で、今一度口づけられた。

抗う術もないままに、レネはそれを受け入れる。

もう一方の手がレネの白い胸を這《は》って、胸の上の小さな飾りに触れた。薄い肩がビクリと震える。

たった今まで存在意味を見つけられないでいたものをヒースの指に捕らえられ、きゅっと捏《こ》ねられた。

「痛……っ」

思わず悲鳴が漏れて、細い腰が跳ねる。

「や……放……っ」

抗おうと手を伸ばす。けれど、まるで力が入らない。魔力が押さえ込まれているためなのか、それ以外の理由があるのか、レネには判断つきかねた。

頬にこめかみに首筋に、啄《ついば》むようなキスを受けながら胸の突起をいじる指に翻弄《ほんろう》される。無意識のうちに、膝頭を擦り合わせていた。両手は儚い抵抗を試みるかのように、ヒースの腕を摑んでいる。そうでもしていないと、とんでもない姿を曝してしまいそうで怖かった。

「や……ぁっ、痛…いっ」

ふわふわの耳と尻尾を震わせ、金と青の瞳を潤ませて、経験のない刺激に耐える。

痛みとむずがゆさと、その奥から湧きおこる未知の感覚と。それを快楽と理解できないままに、レネはヒースの腕のなかでそれらの感覚に翻弄される。

「ヒー…ス、おね…が……っ」

痛い、やめてと訴えても、ヒースは聞き入れてくれない。それどころか、ますます強く抓《つね》られて

「ひ……っ」と悲鳴が零れた。

「い、いや……そこ、いや……っ」

両胸の突起をいじられ、首筋に啄むキスを落とされて、そこからじわじわと痺《しび》れるような感覚が広がる。

執拗《しつよう》にいじられる胸の突起はぷっくりと腫《は》れたように真っ赤になって、ジクジクと疼《うず》く痛みを訴えていた。そこから伝わるむずがゆさが腰の奥に危うい熱を生んで、レネは息を乱す。救いを求めるように背後を仰ぎ見ても、意地悪い言葉が落とされるばかりだ。

「いや？　嘘つき兎め」

甘いのに冷淡な響きを持つ声だ。ふわふわの耳を食みながら、ヒースはレネの胸の飾りを嬲《なぶ》りつづける。

「兎じゃ…な……、あぁんっ！」

自分は黒豹だと訴えようとすると、胸を伝い落ちた手が腰骨を撫で、尻尾の付け根を擽った。そこをいじられると、くすぐったいような奇妙な感覚が生まれて、たまらない声が溢《あふ》れてしまう。腰が揺れて、ますます膝頭を擦り合わせた。

「尻尾が感じるのか？」

「な……に？」

問いの意味がわからなくて、潤んだ瞳を瞬く。ヒースは答えるかわりに、レネの膝頭に手をかけた。

胸の突起は解放されたものの、今度は太腿《ふともも》を大きく開かれ、局部を曝される。咄嗟に足を閉じようとしたものの、阻まれて、大きな手にねっとりと内腿を撫でられた。

「ひ……ぁっ、や……っ」

腰の奥に溜まった熱が、一気に燃え上がる。淡い色みの欲望が、薄い腹につくほどに反り返り、先端からしとどに蜜を溢れさせた。

「なん…で……」

どうしてこんな状態になっているのかわからなくて、レネは徐々に焦点を結ばなくなりはじめた瞳に涙を滲ませる。

だがヒースは、レネの問いに答えてくれる気はない様子で、レネの白い太腿の付け根あたりを撫でさする。腰を揺らして逃れようとするものの、逆効果だった。

初心《うぶ》な肉体の見せるみだりがましさほど厭《いや》らしいものはない。

ヒースが愉快げに喉を鳴らす。レネが瞳を瞬くと、そこへ主に呼ばれた鏡が現れた。

「……え？」

大きな姿見に、ヒースに拘束される自身の裸体が映されている。真っ白でふわふわな耳と尻尾を隠すこともできず、ヒースの胸に捕らわれて、白い太腿を淫《みだ》らに開いて……。

「……っ！」

顔を背けようとすると、頤を摑まれ、阻まれた。

「目を背けるな。これから私にされることを、よく見ておくんだ」

いつものヒースらしからぬ、低く挑発的な声音。レネの薄い肩に唇を落としながら、鏡に映るレネの恥ずかしい姿を観察している。

「や……っ」

あまりの羞恥に耐えかねて、いやだと頭を振ったら、長い睫毛に溜まった涙の雫がほろほろと零れ落ちた。哀しいわけでも悔しいわけでもない。なのに涙が滲む。

白い内腿を撫でていたヒースの手が、鏡のなか、レネの局部に伸ばされる。

「い……や……」

弱々しく頭を振るものの逃れられるわけもなく、レネの淡い色の欲望がヒースの手に捕らわれた。

「ひ……っ、あ……ぁっ」

反射的に細い腰が跳ねるのを、ヒースがやすやすと阻む。敏感になった場所に長い指を絡められ、しごかれて、レネは甘ったるい悲鳴を上げた。腰の奥に溜まった熱が、いまにも爆発しそうだ。

姿見のなかで、両脚を大きく開かれたみっともない恰好の自分が、ヒースの指と唇に翻弄されている。局部をいじられ、白い肌に愛撫《あいぶ》を落とされて、瞳に涙を滲ませ、半開きの唇から濡れた喘《あえ》ぎを零している。

「あ……ぁっ、放……っ」

湧きおこる喜悦を快楽と認識できないままに、それでも肉体ははじめて与えられたそれを甘受する。

そもそも、快楽や享楽といった欲望に従順なのが悪魔の気質だ。一度その甘さを知ってしまえば、あとは溺《おぼ》れるのみ。レネは大きな姿見に映る快楽に溺れる己の姿から目を背けることもかなわないまま、ヒースの指に翻弄されて欲望を弾けさせた。白濁が白い胸を汚す。胸まで飛び散った飛沫《ひまつ》に濡れた突起が艶《なま》めかしい。

「は……ぁ……っ」

荒い呼吸に薄い肩を大きく上下させながら、ぐったりとヒースの胸に沈む。濡れきった金と青の瞳が縋るようにヒースを映しても、それは意図的なものではなかった。

自分はどうしたのか、どうなってしまうのか、わからなくて、怖くて不安で、でも素直にそう口にできなくて。そんな複雑な感情がとらせた、無自覚の甘えだった。

ヒースの赤い瞳が細められる。

怒っているようにも見えるそれを濃い戸惑いとともに見やる。

視界が陰って、背後から苦しい体勢で口づけられた。深く合わされて、酸素不足に薄い胸が喘ぐ。

食み合う唇から水音が立つ。

痺れるような快感に思考が麻痺《まひ》しはじめて、レネは懸命に身を捩り、ヒースの胸に縋った。

「ヒー…ス……、や……っ」

尻尾を摑まれて、濡れた悲鳴を上げる。

ふいにベッドに放りだされて、何がどうしたのかと不安に駆られ、背後を仰ぎ見た。その背を、シーツに押さえ込まれる。

「な…に……っ」

腰骨を摑まれて、腰だけ高く揚げる恰好で、腹這いにされた。太腿を割られる。

「……っ！　やめ……っ」

ぽわぽわの丸い尾に手をかけられて、隠されていた双丘の狭間《はざま》が露わになった。

「い、いや……っ」

あまりの羞恥に涙目になって、レネは大きな枕に縋る。

先の刺激で前から滴ったものに濡れそぼつ後孔の入り口をなぞる指先。些細《ささい》な刺激すら快楽となって、レネは無意識に腰を揺らした。

「嘘はいけないよ、レネ」

「ひ……っ」

双丘の狭間に滑った感触。ヒースの舌に舐られたのだと気づいて、思考が沸騰する。

「う……そ、う……ぁっ、あっ！」

責め立てるように、熱い舌がねっとりと舐る。それによって濡れた入り口を指ではぐされ、やすやすと侵入を許してしまう。

舌に蕩《と》かされ、指に感じる場所を抉《えぐ》られて、レネは湧きおこる欲望のままに腰を揺らす。さきほど放ったはずの欲望がまた頭を擡《もた》げて、先端から厭らしい蜜を滴らせた。

内壁を抉る指の容赦ない刺激。ぐいっと押し上げられて、腰が跳ねる。

「ひ……ぁっ！　……あぁっ！」

はたはた……と、シーツに白濁が散った。

「あ……ぁ……っ」

か細い喘ぎを上げて枕に突っ伏し、無意識にも己自身に手を伸ばす。だが、触れる寸前でヒースに阻まれてしまった。

「や……っ、なん……っ」

どうして？　と涙に濡れた顔で背後をうかがえば、「いけない子だな」とヒースが背中におおいかぶさってくる。

「誰が触っていいと言った？」

「だ……って、あ……ぁっ！」

放ったばかりだというのに、奥が疼いてつらかった。この切羽詰まった状況をどうにかしてくれるのはヒースだけだということは理解している。けれど、どうしていいかわからない。

「レネ」

耳朶に甘い声が落とされて、レネは金と青の瞳を瞬いた。身体を仰向《あおむ》けられ、何もかもがヒースの視界に曝される。濡れそぼつ欲望も、情欲に汚れた白い肌も、涙に濡れる瞳も。

上から見据えるヒースの赤い瞳に濃い艶が宿る。

「あのときと変わらない、美しいままだ」

そう言って身をかがめ、瞼に口づけを落としてくる。

生まれて間もないレネと出会った日に見た、つぶらで美しい瞳のままだと、ヒースが満足げに言う。

小さな軀でヒースに食ってかかった愛らしい仔豹。

美しく成長するのを待つ価値を見出したヒースの気が長いのか、とっくに網にかかって捕縛されていることに気づかないまま成長したレネが鈍いのか。

「だったら、どうして……意地悪……っ」

えぐっと喉を喘がせる。

綺麗だと言ってくれるのに、どうして相手をしてくれないのか。余所《よそ》の仔猫はかまうのに、どうして自分にはつれなかったのかとレネが掠《かす》れた声で詰《なじ》る。ヒースは「見解の相違だな」と愉快そうに笑った。

「けん、か……？」

おおいかぶさってきた身体に自由を奪われ、「そんな勝手な……っ」と文句を紡ぐ唇をキスで塞《ふさ》がれる。

「う……んんっ！」

口腔をねっとりと舐られ、舌を吸われて、背筋に痺れが走った。たまらず腰を揺らし、しなやかな下肢をヒースの腰に絡める。太腿をすり寄せると、「それで誘っているつもりか？」と、意地悪く耳朶を嚙まれた。

「……っ、ん……ぁっ、そんな……っ」

そんなつもりはないと訴える声も掠れる。蕩けた口腔を穿《うが》つ指を増やされ、奥まで探られた。それでも焦燥感だけがどんどん募って、思考が朦朧《もうろう》としはじめる。

「ヒー…ス、も……おね、が……」

何をおねだりしているのかもわからないままに、レネは懇願した。とにかく、この熱くてじれったくてたまらないものを、どうにかしてほしい。

「奥までちょうだい、って言ってごらん」

耳朶に唆されて、レネは潤んだ瞳を瞬く。意味がわからないままに、言われたままを返した。

「奥…まで、欲し……、……っ！」

なかを探っていた指が引き抜かれ、衝撃に腰を震わせる。

「いい子だね」

可愛いよ、と唇を啄まれる。

「かわい……い？」

自分が？　とレネは、涙の雫を溜めて重くなった長い睫毛を瞬いた。

「生意気そうな金と青の瞳も、意地っ張りなことばかり言う唇も、鋭い牙と爪をもった黒豹の姿も」

むしろそちらのほうが可愛らしいと言う。

「兎……じゃ、なく…て？」

このふわふわ真っ白な兎の耳と尻尾は？　これがあるから可愛く見えるだけで、自分の本来の姿ではダメなのだろうとレネが瞳を潤ませる。

「兎を望んだのはおまえだろう？」

「……私…が……？」

それは、ヒースが好きだと思ったから……だから……。

悲壮な想いに捉われるレネに、さらに非情な言葉が落とされる。だがそれは、咄嗟にレネが受け取ったのとは、まるで違う意図で紡がれた言葉だった。

「どちらでもいい」

突き放された気持ちで、レネは金と青の瞳を揺らす。だがつづく言葉を聞いて、その意味を確認するかのようにひとつ瞳を瞬いた。

「黒豹のおまえもウサミミのおまえも、どのみち私のものだ」

もちろん人型も……と、ヒースがほくそ笑む。なんせ生まれて間もないうちに唾をつけておいたからな……と、思いがけない言葉を聞いて、レネはさらに忙しなく長い睫毛を瞬かせた。だが、言葉の意味を問うことはできなかった。それどころではなくなったためだ。

「……っ、や……っ」

膝が胸につくほどに両腿を開かれ、圧迫感に喘ぐ。狭間に、硬くて熱いものが擦りつけられるのを感じた。

——……？　え？

なに？　と問う視線を上げるタイミングを見計らったかのように、グッと押し入ってくる熱塊。

「……っ！　ひ……っ！」

反射的に逃げを打とうとした痩身は容易く制され、レネは細い背を撓《しな》らせた。

衝撃に戦慄《わなな》く肉体を両手首をまとめて拘束することで押さえつけ、ヒースは容赦なくレネを侵食する。

最奥《さいおう》を突かれて、レネは悲鳴とともに白い喉を仰《の》け反《ぞ》らせた。

「い……あっ、ひ……っ！」

繋《つな》がった場所が馴染《なじ》むのも待たず、荒々しい律動がレネを襲う。半ばパニックに襲われた状態で泣き濡れるレネの艶めく表情を、ヒースは口角に満足げな笑みを浮かべて見下ろす。

ガクガクと揺さぶられて、レネはもはや言葉にならない喘ぎを迸《ほとばし》らせるばかり。拘束された腕に痛みはないが、たしかなものに縋れない不安定さが飢餓感を呼んで、穿たれる場所から生まれる喜悦を焚きつけた。

「あぁ……っ、ん……うっ、――……っ！」

突き上げる動きに合わせて甘ったるい声が溢れる。衝撃が去ったあとにはもう、恐ろしいほどの快楽があるのみだった。

力強い欲望に翻弄されるまま、レネは思考を混濁させる。

「あ……ぁあっ、い……ぃいっ！」

肉欲に犯された思考が、淫らな言葉を紡がせる。

「きもち……い……」

蕩けきった瞳に赤い瞳の主を映して、レネは「放して……」と掠れた声で懇願した。

「手……」

腕の拘束を解いてほしい。そうして、ヒースの背に縋りたい。広い背に爪を立てて、もっともっとはじめて知る快楽に溺れたい。

悪魔は欲望に従順だ。

欲しいものは求め、与えられるものは甘受する。

レネの痩身はヒースから与えられる喜悦を残らず甘受して、歓喜に戦慄いた。

「――……っ！　ひ……ぁっ」

グッと最奥を突かれて、レネは痩身を撓らせ、白濁を弾けさせる。白い肌に情欲の飛沫を散らして喘ぐ美貌……これほど淫猥《いんわい》な光景もない。

ヒースが可愛らしい耳を片手に掬い取り、口づける。

「これがある限り、私とふたりきりの世界に生きるよりほかない。さあ、どうする？」

楽しそうに言いながら、感じやすい尻尾にも長い指が絡められる。

「……？　な…に……？」

達したばかりの朦朧とした思考下で、ヒースの言葉の真意を理解することはできなかった。いまレネを支配しているのは、底の見えない欲望のみだ。

ヒースの手で拓《ひら》かれた肉体は、初心さを失わないままに貪欲《どんよく》で、蕩けた内壁はヒース自身を離すまいと締めつけている。

「覚えがいいな」

さすがは伯爵だ……などと揶揄しつつ、脇腹《わきばら》を撫で、レネの白い肌の感触を堪能《たんのう》する。両手の拘束を解かれても、痺れた腕は自由にならない。

思考回路がロクに働いていない状況であっても、揶揄われたのはわかった。レネは懸命に腕を伸ばしてヒースの肩に縋り、そこに爪を立てた。

その手を、大きな手に握られる。

「悪戯っ子にはおしおきが必要だな」

指先に口づけながら言われて、ついうっかり頷きそうになる。

ちょっと甘えたかっただけなのに……とレネが金と青の瞳に不服を滲ませると、ヒースの赤い瞳が愉快気に細められた。

レネが拗ねて見せたり泣いて見せたりするとヒースは満足そうな顔をするのだと、今さらながらに思い至った。

意地が悪いのではなく、相手にしてもらえてなかったわけでもなく、ヒースはいじめっ子なのだと気づく。自分はその恰好の標的だったのだ。はじめて出会ったときからずっと。ヒースの関心は、ちゃんと自分に向けられていた。

レネの胸のあたりに引っかかっていた刺のようなものが、すっと落ちた。

「……して」

握られた手をきゅっと握り返すと、どうした？　と問うように赤い瞳がひとつ瞬く。

「ん？」

「おしおき、して……いい」

おねだりしかけて、でも……と考え直し、途中で言葉尻を変える。精いっぱい赤い瞳を見据えて挑発的に言った。

ヒースは珍しく驚いた顔をして、それからククッと喉を鳴らす。

「生意気だな」

「生意気だよ」

ヒースの首にするり……と腕をまわして、金と青の瞳を眇める。なかみが初心でも見た目の艶は極上だった。

レネが「悪い？」と挑発的な態度を強めると、ヒースは「いや」と愉快そうに言う。

「苛め甲斐がある」

「……っ、な……っ!?」

腰をぐいっと抱き寄せられて、唐突に視線が逆転した。

「ひ……っ、あ……ぁっ！」

レネを抱いた恰好で、ヒースがベッドに仰臥《おうが》したのだ。自重で再びヒース自身を最奥まで受け入れてしまって、レネは悲鳴とともに背を撓らせた。

「は……っ、……んんっ！」

白い喉に食らいつかれて、か細い声を上げる。

狩る側にありながら喉元に食らいつかれる背徳感が、レネの内で燻《くす》ぶる熱を焚きつけた。レネの反応に気づいたヒースは、白い肌に犬歯を食いこませてくる。レネが仕返しをするかのように、縋った広い背に爪を立てた。

「あぁ……んっ！」

咎めるように下から突き上げが襲う。

その動きに合わせて、無意識にも腰を揺らしていた。

「あ……ぁっ、い……い、は……っ！」

本能のままに、我を忘れて喘ぐ。

ヒースの腰を跨《また》いだ恰好で、細い腕を首にまわし、ヒースの頭を胸に引き寄せ、愛撫をねだる。

「ヒース……ヒース……っ」

もっと……！　とねだると、荒々しく突き上げられ、感じる場所を責め立てられる。白い首筋に啄む愛撫を降らせていた唇が、咬《か》むように口づけてくる。

喉の奥まで貪られ、ただでさえ蕩けた思考がますます停滞しはじめる。

「……ヒース、大好き……」

口づけの合間に、理性の利かなくなった思考が、素直すぎる言葉を紡がせていた。

「好き……ずっと……」

はじめて会ったときからずっと。ヒースに会いたくて、傍《そば》にいたくて、貴族になった。悪魔としての長い長い生を、レネはヒースとともにありたい。

ぎゅっとしがみつくと、力強い腕が抱き返してくれる。レネの艶やかな黒髪を梳いていたヒースの手が、それに気づいた。

レネの身体から、ふわふわな耳と尻尾が消えている。

――これは……。

ヒースは愉快な気持ちで、レネの美しすぎる相貌を間近に見やった。

白磁の肌の中心に、長い睫毛に縁取られた宝石のような金と青の瞳、ぷっくりと形のいい唇、艶めかしい痩身は黒豹に変化してもしなやかさを失わない。

そんなレネが、生まれたままの姿でヒースの腕に抱かれている。肉欲を甘受して、ヒースの情熱に翻弄される淫らな姿を余すところなく曝している。

だがレネは、それに気づいていなかった。

強すぎる欲望に翻弄されて、ヒースから与えられる快楽を追うのに必死で、もはや自分の頭とお尻に耳と尻尾があるかないかなんて、気にしていられる状態ではなくなっていた。

「美しいな」

ヒースは、己の上で乱れる若い情人を見上げて呟く。

短い言葉には、ありとあらゆる賛辞が詰めこまれている。

美しく高貴で、そして可愛らしい。

いかに姿が育っても、ヒースの目に、レネのなかみは、ついうっかり捕食しかけた仔豹のころとほとんど変わっていなかった。レネが泣いても怒っても、可愛いものは可愛い。

「まったく、苛め甲斐がある」

愛らしい仔猫を膝に鼻の下を伸ばすかわりに仏頂面に磨きがかかっているクライドが、最近よく口にする言葉の意味がようやく本当の意味で理解できた気がした。

「けしからん可愛さだよ」

可愛いと言ってもらいたくて羽根兎になってしまうなんて、これ以上の可愛げがあってたまるものか。

「レネ」

「……んっ」

快楽に喘ぐ唇を啄んで、それから一際深く突き上げる。

「――……っ！」

レネはビクビクと痩身を震わせて、あえかな声とともに白濁を迸らせた。細い身体を数度痙攣《けいれん》させたあと、ヒースの胸にぐったりとくずおれる。

倒れこんできた痩身を抱きとめて、ヒースは羽根兎の耳のあった場所をたしかめるように撫でた。白羽根兎がレネであることに、すぐに気づいたヒースでも、どうしてこういう事態が起きたのかまではわからない。魔界には、まだまだ不思議がたくさんある。なんでもありだ。

「ヒー……ス……」

レネの瞼が重そうに瞬いて、そしてスーッと寝に落ちてしまう。

まだまだ苛め足りないヒースだったが、寝た子を起こすほどに非道ではなかった。

満足したわけではない。待てばいいのだ。はじめてのことで体力を消耗したのだろう、レネがぐっすり眠って目を覚ましたら、つづきをすればいい。

悪魔には、無限の時間がある。

なにをするにも、急ぐ必要などどこにもない。

完全に寝入ってしまったレネを腕に、ヒースも身体を横たえる。

羽根兎の一件で魔力が不安定になっているのだろうか、それとも何か別の影響か、ヒースの腕に抱かれて眠る間、レネは人型と黒豹の姿とを、何度もいったりきたりした。

身体中に鬱血《うっけつ》の情痕《じょうこん》を散らした白い痩身もいいが、黒く艶やかな毛並みに可愛らしい耳と、眠っていながら感情表現豊かな長い尾が愛らしい。艶やかな毛並みはまるでビロードの手触りで、抱き心地は抜群だった。

レネが目を覚ましたら、次は何をして遊ぼうか。

ベッドのなかで、もっといけないことを教えるのも一興だが、情人として宴に連れ出すのもいい。噂を聞きつけた悪魔たちの無遠慮な視線に曝されたレネは、屈辱と羞恥に頬を染めて、かたちのいい唇を噛むに違いない。金と青の瞳が涙に濡れたら、もっと僥倖《ぎょうこう》だ。

そんなキチク極まりないことを考えながら、ヒースも腕に抱いたレネの自分より高い体温の心地好さに目を閉じる。

腕のなかのレネが淡い光を放って、ゆっくりと人型をとる。今は閉じられた美しい金と青の瞳。瞼の上から口づけると、長い睫毛がふるり……と揺れる。

かすかな寝息を聞きながら、白い瞼が開く瞬間を、じっと待つのも一興だ。

そんなことを考えながら、ヒースはレネの寝顔を見つめつづけた。

5

ヒースに執拗に嬲られた翌朝、レネが目を覚ますと、ウサミミも尻尾もそのままだった。

意識を混濁させていたレネはヒースの腕に抱かれて眠っている間の自分に何が起きていたのか知るよしもなく、「まだ元に戻らない……」と打ちひしがれる。

一方でヒースは、現象の摩訶不思議《まかふしぎ》さに興味を覚えたものの、事実を口にすることはなかった。

聞いたレネがショックを受けて、さらに打ちひしがれる姿にはそそられるものがあるが、今はまだもう少しウサミミ尻尾姿を楽しむのも一興だと思ったのだ。

それに、無意識のあいだ元の姿に戻れるということは、その気になればいつでも戻れるということだろう。本人の意識の問題だ。

事実を知らないレネは、裸でヒースの腕に抱かれた恰好で目覚めて、驚きと羞恥に言葉もなくその場にへたり込むよりほかなかった。

身体中に散った鬱血のあとが、記憶に残るみだらな己の姿が、夢でもまぼろしでもなく真実であることを告げている。

何より、身体中が痛かった。悪魔には経験のない痛みだ。

その上で、「よく眠れたようだな」とヒースに頤を取られ、口づけられかかって、レネは咄嗟に跳躍しようとして……できなかった。

黒豹レネなら、藍色の空も一足飛びだけれど、白羽根兎レネにそんな力はない。人型をとっても、ウサミミと尻尾がある限り、力は制限されてしまうようだった。

長い耳を摑まれ、ベッドに連れ戻されて、「どこへ行く気だい⁉」と、にこやかに訊かれ、咄嗟に逃げようとしたと言えずに黙るよりほかなかった。

そのレネを再びベッドに閉じこめて、「逃げられると思っているの？」と、ヒースがニッコリ。過去に見た記憶がないほどにキチクな笑みを向けられて震え上がった。

「きみは屈辱に震える表情が最高に可愛いんだから」

などと、果たして褒め言葉なのかと首を傾げたくなる微妙なことを言われても、噛みつく余裕もない。

「今さら嫌いはなしだよ」

耳朶に甘い声が落とされて、はっと目を見開く。

ヒースを受け入れながら切羽詰まった告白をした記憶がよみがえってきて、レネは真っ赤になって瞳を伏せた。

その上に、淡く触れるキス。

——あれ……？

何か大切なことを忘れているような気がしたのだけれど、でも思い出せない。

やさしい仕種についうっかり警戒を解いて、レネはヒースの胸にすり寄る。自ら猛禽《もうきん》の懐に飛び込んでしまった憐《あわ》れな羽根兎は、当然の結末として大鷲の餌食になった。

今度こそ、ヒースが満足するまで眠らせてもらえないまま、いったい何日をベッドの上で過ごしたのか。レネは愛人業を生業とする黒蝶族や蛇蜥蜴族の美青年たちを、ちょっとだけ尊敬した。それから、ライヒヴァイン公爵の愛玩仔猫も……。

自分のように泣かされているのではないかとか、失神するまで嬲られているのではないかとか、余計なお世話なことを考える。

そんな暇があったら、ウサミミと尻尾を消す方法を探さなくてはならないのに。

「ヒース、魔界の外れに長老の猫又だか魔女だかが棲んでいて、魔界のことならなんでも知っていると言う話、聞いたことがありますか？」

「ああ……ずいぶんと偏屈な人物のようだが、魔界の生き字引だと聞いたことがあるな」

「私、そこへ行ってこようと思います」

「何をしに？」

「この耳を消す方法を教えてもらいに、です！」

ほかに何があるのかと声を荒げると、今度は「なんで？」と返されて、レネは絶句した。

「なんで、って……だって、いつまでもこのままじゃ……」

悪魔として普通に生活できないではないかと、自分は至極まっとうな主張をしているはずなのに、なんだろうこの敗北感。

「そのうち消える。今はその姿を楽しめばいい」

可愛いのだし……と、ヒースが笑う。

可愛いと言ってもらえるのは嬉しいけれど、でもレネは貴族なのだ。この姿のままではノイエンドルフの館から出られない。

ヒースがグレーフェンベルクの館に斥候鶫《せっこうつぐみ》を飛ばしてくれて、執事とは連絡がついているものの、心配をしているに違いない。

「ヒース、やっぱり出かけて――」

魔界の外れ程度、黒豹姿なら一足飛びで済む。けれど今の自分には人型をとっていても羽根兎程度の魔力しかない。当然ヒー人に頼むよりほかに方法がない。

なのに、そのヒースが取り合ってくれない。

「ヒース！」

「ドーナツ、食べるか？」

「……はい？」

なにを突然……と思ったら、テーブルの上の皿に山盛りのドーナツが出現した。

白羽根兎姿ならまだしも、ウサミミ尻尾つきとはいえ人型のいまでは、ドーナツを頬張ばったところで、あの愛玩仔猫のように可愛くはないと、もう何度も訴えたのに。

「いりません」

「気に入っていたんじゃないのか？」

「それは……っ」

兎の姿だったから……と、何度も同じことを言うのも虚《むな》しくなってきた。

「ちょ……っ」

ヒースに腕を引かれて、彼の膝にすとんっと座ってしまう。

「あ、あの……っ」

慌てて降りようとしたら、腰を抱えるようにして阻まれた。ヒースの赤い瞳に間近に見上げられて、心臓に悪い。

状況が呑みこめないでいたら、目のまえにドーナツの皿が差し出された。睨むようにそれを見つめても、ヒースは引かない。

「レネ」

甘い声に唆されて、レネは渋々ドーナツに手を伸ばす。それでも躊躇《ためら》っていたら、ヒースに促されて、しかたなくパクリ…と食いつく。えもいわれぬ甘さが口いっぱいに広がった。

「……美味しい……」

呟くと、ヒースの目が満足げに細められる。

公爵の膝に抱かれてドーナツを頬張っていた仔猫は、貴族の膝を椅子《いす》代わりにしていることなどまるで気にする様子はなかったが、レネにはとても耐えられそうにない状況だ。

この状態でどうして山盛りのドーナツを平らげられるというのか。あの仔猫は、存外と腹が据わっているのかもしれない。……なんて考えるのは、愛人業を生業とする黒蝶族や蛇蜥蜴族に感心したときと同じ思考ルートだ。

「お、下ろしてください」

「どうして？」

「……っ」

真っ赤になって俯《うつむ》く。

羞恥に染まる白い顔を下から満足げに見やるヒースは、それはそれは楽しそうで、レネは口をへの字に曲げて押し黙るよりほかない。

ドーナツを放り出して、ふいっと顔を背ける。

「レネ」

「…」

「レーネ」

「……、……ひゃっ！」

答えないでいたら、突然尻尾を摑まれた。どうあっても消えてくれない、ぽわぽわな兎の尻尾だ。

「や、やめてくださいっ」

「お返事しない悪い子にはお仕置きが必要だろう？」

「……っ」

愉快そうなヒースの顔を間近に見やって、レネは小さく息をつく。そして、消え入る声で訴えた。

「一生このままは嫌です」

貴族としてありたい。

貴族として、ヒースの傍らに立ちたいのだ。

「魔界の外れの魔女のところへ行かせてください」

「そんなにコレがいやかい？」

言いながら、レネの胸元まで垂れるふわふわなウサミミを片手に掬い取る。そしてシルクの毛並みに口づけた。

「……っ、嫌なのではなくて……っ」

真っ赤になって、レネは考えに考えた言葉を口にした。

「コレのない私は、魅力がないのか？」

ヒースが驚きに目を見開く。その赤い瞳をじっとうかがって返答を待っていたレネの耳に届いたのは、ククッと零れる笑いだった。

しかもそれは、徐々に大きくなって、ついにヒースは溜まりかねたように腹を抱えて笑いはじめてしまう。

「ヒース！」

笑うなんてひどい！　と半泣きで胸に縋る。

「私は真面目《まじめ》に――、……っ！」

言い募ろうとした唇は、下から掬い取るようにもたらされた口づけに塞がれた。

「……ん、ぁっ」

甘ったるく口腔を舐られ、唇を食まれる。

「今や魔界一の美貌と謳《うた》われる伯爵閣下のこんな厭らしい顔を知っているのは私だけだろう？」

「……？」

もちろん、と頷く。

けれど、レネの頭上にはクエスチョンマークが浮いたまま。

レネはとっくにヒースのものなのに、いったい何を言い出すのかと、呆れられる意味がレネには理解できていなかった。

きょとり……と金と青の瞳を瞬かせるレネをみやって、ヒースはやれやれと長嘆を零す。

「ヒース？　なにか……」

問いかけは、唇にあてられた指先ひとつに止められた。なにかと思えば、ノック音がして、ギーレンが来客を告げる。

ヒースにはもう、誰が訪ねてきたのかわかっている様子だった。

「クライドだ」

さてどうする？　と問われる。

どうするもなにも、この姿を見られるのは絶対にいやだ。

「……部屋に……」

席をはずしています……と膝を降りようとしても許されない。

「ヒース!?」

いったい何がしたいのか？　と青くなっていると、ヒースの指先がレネの額に触れた。

熱い衝撃が身体を貫いて、そしてぽんっ！　と弾ける音。

――……え？

「……ヒース？　なにを……」

あることに気づいて、レネはそっと耳元に手をやった。

ふわふわがなかった。

驚いてお尻に両手をまわす。

ぽわぽわがなかった。

「……」

完全な人型に戻っている。

ヒースが、指先ひとつで、戻してくれた。

「な……な……っ！」

こんなに簡単に戻せるのなら、さっさと戻してくれたらよかったのに……っ！　と真っ赤になってワナワナ震えるものの、衝撃が大きすぎて言葉にならない。

「ど……ど、し……っ」

どうしてこんなことができるのか!?　と胸元を揺さぶると、「そりゃ、なんといっても魔界のナンバースリーだから」などと、わけのわからない言葉を返された。

「いやなの？」

戻りたかったのだろう？　と言われて、ヒースの胸倉を摑み上げる力が思わずゆるむ。

それはそうなのだけれど、なんだろう、この喜べない感じ。

「ひ、ひど……っ」

レネはあんなに悩んだのに！　悩んで悩んで、一生あのままだったらもう二度と人前に出られないと半ば覚悟を決めていたのに。

「ありがとうございます、は？」

元に戻してもらったのだから、礼を言わなくてはね、などとのうのうと言われて、レネのこめかみあたりでブツリと何かが切れた。

ふいっとそっぽを向くと、指の長い綺麗な手に顎を摑まれる。そして、ヒースと目を合わされた。

赤い瞳がニッコリと笑みを模る。でも笑ってない。ひたすら怖い。

それでもレネは、ここで負けてなるものかと、今一度ふいっとそっぽを向いた。

「ヒースなんて嫌い！」

精いっぱいの強がりと虚勢を張ってみる。

だが思いがけないかたちで、即座に報復されて、レネは途端に涙目になった。

ぽんっ！　と弾ける音。

誰が変化したのかと思えば、どうやら自分。

ヒースを見上げる視線の角度が変わって、ちまっとヒースの膝にのっていることがわかる。

——……え？

なにごと⁉　と驚いて視線を落とす。

黒かった。

ちょっぴり安堵した。

だが黒いのはいいがちっさかった。

手も足も、ちまっと巻く長い尾も。

「……」

たらり……とレネの頬を冷や汗が伝う。

恐る恐るヒースを見上げると、ニヤリ……と口角を上げて笑われる。大きな手がレネを膝から抱き上げた。

「可愛いな」

レネはもう、ヒースの掌のなかで、プルプルと震えているよりほかない。

ヒースの肩越しに置かれた鏡に、己の置かれた状況が正しく映しだされていた。

ヒースと出会ったころと変わらぬサイズの仔豹が、涙目で震えている。

「こっちのほうがいいのなら、私は構わないが？」

もう一度、一から調教しなおすのも一興だとヒースが笑う。

「うにゃぁっ！」

ちまっと牙の生えた小さな口をめいっぱい開いて吠えても、可愛らしい猫の鳴き声にしかならない。

ヒースがククッと笑いを零す。

「……もど……て、さ……」

屈辱に震えながら、レネは懇願した。でも声が小さくて、ヒースに「聞こえないな」と突き放される。

「もどしてください！　もとに！　人型に！　はやくっ！」

客がきてしまう！　とヒースの胸元に縋る。

白羽根兎もいやだが、非力な仔豹姿を曝すのも嫌だ。

「ウサミミとどっちが可愛いかな」

ヒースの指先が仔豹の額をつんっとすると、またもぽんっ！　と弾ける音がして、ようやく人型に戻してもらえたかと思いきや、今度は先以上にありえない状況に追いこまれていた。

ヒースはひたすら愉快そうだが、レネはそれどころではない。今度こそ涙目も通りすぎて、本泣きだ。

人型のレネに、黒豹耳と黒く長い尻尾がついていた。

ようは、中途半端に変化した、悪魔として一番恥ずかしい姿だ。しかも黒豹のレネが猫耳尻尾姿になると、一見して黒猫と区別がつかなくなる。貴族の自分が、貴族に仕えるのを生業とする黒猫族と間違われかねない状況に陥るのだ。

初対面でヒースが、仔豹のレネを黒猫と間違えて捕獲したときのように。

「〜〜〜〜っ」

これだけは絶対に嫌だと、レネはヒースの膝に横座りした恰好で震える。

「お、おね…が……」

「なにをおねだりしたいのかな？」

「……っ！」

ヒースの意地悪！　いじめっ子！　と、本人に直接言えないから心の中だけで罵《ののし》っておく。

「耳消して！　尻尾も！」

はやく！　と胸に縋る。

「お礼とおねだりはどうするんだった？」

ベッドのなかで教えたはずだと言われて、レネは真っ青から一転、真っ赤になって、涙とは違うものに瞳を潤ませる。

「おねがいします。耳と尻尾、消してください。人型に戻して」

ヒースの耳元で懇願して、そして自ら唇を寄せる。淡く触れるだけのキスをして、真っ赤になって俯いた。

「つづきは夜、可愛がってやる」

ヒースがレネの耳朶に不穏な言葉を落とす。

ぽんっ！　と弾ける音がして、レネの頭から豹耳が、お尻から黒くて長い尻尾が消えた。

直後、アーチ窓から吹きこむ一陣の風。突風がおさまれば、そこには仔猫を抱いた公爵の姿があった。

レネを膝にのせたヒースを見て、片眉をわずかに反応させたものの、それ以上の言及はない。

かわりに公爵の腕に抱かれたノエルが、「伯爵さま？」と怪訝そうに呟いた。そのあとで、何かに気づいた様子で頬を赤らめ、視線を落とす。

ようは、ヒースとレネの関係に思い至ったのだ。

だがこれには、レネのほうが衝撃を受けてしまって、顔を上げられなくなる。そんなに簡単にバレてしまうものなのか……と動揺を覚えた。

公爵の膝の仔猫なら、愛人だろうとすぐに察しはつくが、自分は貴族だ。――いや、貴族が貴族の膝にのっているほうが尋常ではないと、ようやく思い至る。

急にいたたまれなくなってトりようとしたら、ヒースに阻まれて、より深く抱きこまれてしまった。

「きみがこんな野暮《やぼ》だとは知らなかったよ」

ヒースがウインクとともに公爵に揶揄を飛ばす。

「……来たくて来たわけではない」

渋りきった顔で言って、公爵はノエルを腕から下ろした。公爵の黒衣にしがみつきながらも、ノエルはきょろきょろと落ちつきなく周囲をうかがう。

「侯爵さま、ウサちゃんはどこですか？」

真っ白な羽根兎に会いたくてきたのだと言う。仔猫にせがまれて、ライヒヴァイン公爵が折れたのか？　とレネは驚いた。

が、それ以上に心臓に悪い単語を聞いて、慌ててヒースを見やる。

ばれたくない……と焦るレネの胸中を読んだヒースが、ニンマリと愉快そうに笑みを口角に刻む。

絶対によからぬことを考えている。

「白ウサと遊びたくてきたのかい？　ノエル」

「はい！　この仔が、白ウサちゃんを探していたので、会わせてあげたくて……クライドさまにお願いしたんです」

そう言って、ノエルが胸元をさぐると、ぴょこっと小さなものが顔を出した。

羽根兎だ。普通に黒い羽根兎の子ども。

レネは「あ……」と小さな声を上げた。羽根兎の子どもの赤い目が、レネを捕らえる。そしてまっすぐに飛びついてきた。

「きゅいぃっ！」

会いたかった！　と言わんばかりにしがみついてきて、ふわふわの小さな頭をレネの頬に擦りつけてくる。

「……っ！」

ノエルの緑眼が瞬いて、頭上に盛大なクエスチョンマーク。

「その子、白ウサちゃんに助けてもらったって。だからお礼がしたいって……」

なおも小首を傾げて不思議顔。レネはノエルの顔を見られない。

ライヒヴァイン公爵が、「用はすんだか」とノエルを抱きよせる。ノエルは「えっと……」と首を傾げながら、じっとレネの横顔を見据えてくる。

頭のゆるい仔猫かと思いきや、なんだろう、この見透かす目は。

懐いてくる仔兎を邪険にもできず、かといってノエルの視線から逃れる術も持たず、レネはだらだらと冷や汗を滴らせる。

そんなレネを、ヒースが愉快気に観察していた。それに気づいたらしい公爵が、「悪趣味め」と毒づく。

「きさまに言われたくはないなぁ」

「その言葉はそっくりそのまま返しておこう」

いつもの応酬。

クライドの腕に捕らわれながらも、ノエルはなおもレネの横顔と懐く仔兎とをじぃ……っと見ている。

「白ウサちゃんは？」

レネを追い詰める問いを寄こすあざとさは、天然なのか。だとしたら、なんて性質《たち》の悪い。

追い詰められたレネはブチ切れた。

「黒兎《くろうさ》でがまんしろ！」

なにが不満だ！　と怒鳴る。ノエルはきょとん！　と緑眼を見開いて、「だって……」と言葉を継いだ。

「だって、なんだ？」

「だって、白ウサちゃん、懐いてくれなかったから」

「貴様が嫌だったのだろう」

「僕は抱っこしたかったんです！」

「私は嫌だ！」

遠慮する！　と怒鳴り返してしまって、直後、場がしん……と静まりかえった。

レネを膝にのせたヒースが、笑うのを懸命にこらえているのが振動で伝わってくるが、ククッと漏れてしまっていては意味がない。

公爵は呆れた顔で、なおもきょとん！　とレネを見上げるノエルを膝に抱き、近くにあった猫脚のチェアに腰を下ろした。話が長くなると思ったのだろう。

落ちついてなくていいから、膝の上の仔猫を連れてさっさとお帰りください！　と、喉元まで出かかったが、ぐっとこらえた。相手は公爵だ。

「白ウサちゃん……？」

ノエルが愛らしく小首を傾げて、レネに問う。

レネは懐く仔兎をあやすふりで、視線を落とした。ヒースの笑いをたたえた赤い瞳とかち合う。レネの救いを求める視線に気づいていながら、フォローの言葉もないなんて。

「意地悪」

恨めしげに呟く。

その唇を、ヒースがやわらかく啄む。

「悪い子には、お仕置きが必要だな」

そんなことを言っていいのか？　と愉快気な声。憎らしいことばかり言う口を閉じさせる方法はひとつしかない。

レネは仔兎を肩にのせ、ヒースの首にするり……としなやかな両腕をまわす。

「意地悪」

もう一度罵ってから、自らキスをした。

肩の上の仔兎が、恥ずかしそうに長い耳で目を隠す。

人騒がせな仔猫は公爵の腕に捕らわれて、一陣の旋毛風《つむじ》とともにふたりの姿が消える。

あとには、甘ったるく口づけ合う吐息のみ。

そこに衣擦れが重なって、たまりかねた仔兎が肩から跳ねる。それに一瞬気をとられたレネの意識を引き戻すかのように、舌に軽く歯を立てられた。

敏腕執事の密かな悦楽

1

人間界には、変わった食べ物がたくさんある。

悪魔界と違って、民族によって言葉も違えば食べる物も違うという、なんとも面倒《めんどう》な文化というものを持っている。

上級悪魔になれば、人間界との行き来は自由だが、狩りに出るとき以外、好き好んで人間界に下りる者は多くない。とくにここ数百年、人間界は科学的に発展したがゆえに面白《おもしろ》みをなくして、悪魔たちの興味を惹《ひ》かなくなった。

そんな人間界に、嬉々《きき》として出かけていく上級悪魔のひとりが、アルヴィン・ウェンライト伯爵だ。ギーレンが仕える主、ヒース・ノイエンドルフ侯爵の悪友ともいうべきクライド・ライヒヴァイン公爵の弟悪魔で、なぜ彼に貴族位が与えられているのかと、もっぱら評判の人物でもある。

上級悪魔なのに小さな蝙蝠《こうもり》にしか変化できず、さしたる魔力もないという。人間界に下りては狩るでもなく、何をしているのかといえば人間界の珍妙な食べ物に舌鼓を打っているというのだ。

だが、その影響を受けたのかは不明だが、ライヒヴァイン公爵が連れ歩く稚児猫が人間界のドーナツという甘い菓子を好んで食べる姿が宴《うたげ》で目撃されて以来、魔界にちょっとした人間界ブームが訪れている。

そんな理由で、ノイエンドルフ侯爵に仕える執事のギーレンも、人間界のドーナツという食べ物を目にする機会を得た。

車輪のような輪っか状で、白い粉を纏《まと》った、ふかふかと食べごたえのない甘い菓子だ。

ライヒヴァイン公の稚児猫――本当は執事見習いだそうだが――が天井まで積み上がったそれを両手に摑《つか》んで頰《ほお》張る姿は、それはそれは愛らしく、ギーレンの琴線に触れまくった。

ギーレンは梟木菟《フクロウミミズク》族の一派である能面梟族の出で、一族の者が皆そうであるように、表情を変えることがほぼない。それが能面梟の特徴だ。

だから、同族と仕える主《あるじ》以外には、まるで感情が読めないと言われることが多いのだが、もちろん仕えるノイエンドルフ侯は目端の利く人物で、ギーレンの感情の機微まで汲《く》み取ることが可能だ。

魔界のナンバースリーといわれるノイエンドルフ侯だが、ギーレンの目には、あえてナンバースリーの座に甘んじているように見える。それ以上の評価は面倒だと思っているのだ。

ライヒヴァイン公も似たような価値観の人物だが、そういった点での駆け引きでは、ノイエンドルフ侯のほうが一枚上手だったということだろう。

魔界のナンバーツーとしての面倒を引き受けざるをえないライヒヴァイン公は、常々ノイエンドルフ候の世渡りのうまさを、認めながらも忌々しく感じている様子だ。

地位や肩書に拘《こだわ》らないのは、いずれも力あればこそ。そもそも突出した魔力を持つがゆえの余裕にほかならない。

そんな主を、ギーレンは誇りに思っているし、一生涯仕えるべき存在と認識している。何より、趣味が合う。

価値観の一致は、主と執事の関係においてはさしたる意味を持たないが、しかし合致して悪いことは何もない。

ノイエンドルフ候は可愛いものを愛《め》でるのを好む。なにをもって可愛いと称するかは、個人の趣味によるところで、一般的価値観からずれていようが関係ない。

主の趣味には、ギーレンもはなはだ同意だ。

永遠の時を生きる魔界の住人たちは常に暇を持て余していて、楽しいことを日々探している。

それは悪魔たちの頂点に立つ貴族に限ったことではなく、仕える立場にある者たちも同様だ。日々の務めはあるものの、貴族に仕えるほどの魔族ともなれば、雑務はすべて使役獣にやらせることができるし、その管理さえ怠らなければ、比較的時間の自由が利く。

ノイエンドルフの館《やかた》を完璧《かんぺき》に管理することこそ執事のお役目と信じているギーレンだが、しかしそれだけではつまらない。

ギーレンにも密《ひそ》かな楽しみがある。ノイエンドルフ候には知られているから、密かと言っていいのかはわからないが、ノイエンドルフ候以外に知る者のない趣味だ。

「きゅいっきゅいっ」

足元にわらわらと集まってきた羽根兎《はねうさぎ》たちが、ギーレンを見上げて愛らしく鳴く。

ノイエンドルフの館の裏手、黒蓮華《れんげ》が咲き誇る一帯に、羽根兎の群れが棲《す》みついている。可愛《かわい》い以外になんの役にもたたないと評判の小型魔獣だが、それゆえ貴族には愛玩《あいがん》動物として庇護《ひご》されることが多い。

下級魔獣にすら狩られる対象ではあるが、そのぶん繁殖力旺盛《おうせい》で個体数も多いから、群れの増減はほとんどない。

だが、愛でられるために生まれてきたような小型魔獣だから、愛情をかけられれば、それをエネルギーとして増殖する。

ギーレンが黒蓮華の絨毯《じゅうたん》に膝《ひざ》をつくと、羽根兎たちが膝にのり、肩にのり、人胆な一匹は頭のてっぺんに登って「きゅい」と鳴く。

それを咎《とが》めることなく、ギーレンはパッと手を開いて、まるで手品のように皿を出した。そこには車輪型の甘い菓子が山と盛られている。人間界のドーナツを模して魔界の素材でつくったものだ。

ウェンライト伯爵家の執事である黒猫族のイヴリンが、人間界の食べ物を好む主のために考案したレシピで、噂《うわさ》だけが執事のネットワークにのって流れるものの、レシピを知る者は少ない。ギーレンはイヴリンから直接教えを請うた数少ないひとりだ。

ノイエンドルフ候は甘いものをあまり食べない。ではなぜ習ったのかといえば、館周辺に棲まう愛らしい存在――羽根兎たちのためだった。

ライヒヴァイン公の稚児猫が、公爵の膝でドーナツを頬張る姿の愛らしさに感嘆を零《こぼ》していたときに思いついたのだ。

真っ黒ふわふわな羽根兎たちが、口の周りを粉砂糖まみれにしていても、同じく愛らしいに違いない、と……。

そんなことを考えたら、いてもたってもいられず、ノイエンドルフ候に頼んでウェンライト伯爵に話を繋《つな》いでもらった。人間界の食べ物が好きな主のために、日々魔界の食材で人間界の食べ物を模したレシピ開発に余念がないという執事のイヴリンに、ドーナツのつくり方を教わったのだ。

執事職につくことを生業とする黒猫族の生真面目《まじめ》な執事の開発したレシピは完璧で、ギーレンにも完全に再現が可能だった。

ライヒヴァイン公爵が宴に顔を出したとき、膝にのる仔猫《こねこ》のノエルがドーナツを頬張るすがたを興味深げにうかがっていた羽根兎たちは、ギーレンが餌《えさ》として差し出したドーナツを、しばし不思議そうに眺めたあと、一匹また一匹と、皿に頭を突っ込む勢いで頬張りはじめた。

「美味《おい》しいか」と問えば「きゅいっきゅいっ」と嬉《うれ》しそうに鳴く。真っ黒艶々《つやつや》なふわ毛におおわれた鼻先を粉砂糖まみれにして甘い菓子を頬張る羽根兎の愛らしさといったらない。

ギーレンは至上の満足を得て、黒蓮華の花畑のなか、羽根兎に囲まれて、しばし幸福に浸った。

なんという至福の時。

ドーナツを気にいったらしい羽根兎たちは、もっととねだるようにギーレンの掌《てのひら》に鼻先を擦《こす》りつけたり、肩にのって頬ずりしたりと、愛想全開で甘えてくる。

その日以来、ドーナツをつくっては、羽根兎たちに振る舞ってやるのが日課となった。おかげでノイエンドルフの館周辺では羽根兎が増殖している。

ウェンライト伯爵の館周辺は、どういうわけか魔界中の植物が集まっていると聞くが、それは伯爵の魔力が関係しているとノイエンドルフ候が以前に話していた。

だが、ノイエンドルフの館周辺に羽根兎が多いのは、単純にギーレンの餌付《えづ》けの結果だ。餌があれば小型魔獣は数を増やす。餌を与えられるということは、愛でられているわけで、ひたすら可愛い以外になんの役にもたたないといわれる羽根兎の本領発揮というわけだ。

「たんとお食べ」

「きゅい〜」

今日も今日とて、山盛りのドーナツの皿を手に羽根兎の群れに埋もれて、ギーレンは至福のひとときを味わう。

能面のように無表情でも、胸中ではウキウキと飛び跳ねんばかりに上機嫌だった。

「なんと愛らしいことか」

呟《つぶや》く言葉がかしこまっていても、その実態は赤ちゃん言葉でペットに話しかける飼い主と変わらない。

短い前肢《まえあし》でドーナツを抱えて、小さな口であむあむと頬張る。

真っ黒のふわ毛は粉砂糖にまみれ、長いヒゲも粉砂糖をまとって、まるで銀細工のように輝いている。

執事服を粉砂糖で汚されても、ギーレンはまるで構わなかった。

頭のてっぺんでドーナツを頬張られても、胸中で頬をゆるめはしても、諌《いさ》めることすらしない。

膝の上には、大きな毛玉と化した羽根兎数匹。おのおのドーナツを頬張りながら、きょろきょろと周囲をうかがっている。

「誰も取り上げはしない。好きなだけ食べなさい」

まだまだあるから……と、新たにドーナツの皿を出すと、黒蓮華の花畑から顔を出す羽根兎の数がさらに増えた。

「きゅいっ」

嬉しそうに鳴いて、自分も自分も……とドーナツに前肢を伸ばす。まるで木の実をかじる黒栗鼠《リス》のように、短い前肢で器用にドーナツを持ってあむあむと頬張る。

「……」

無言だが、ギーレンは悶《もだ》えるほどに感動していた。毎度のことなのだが、何度見ても羽根兎のこの姿は愛らしい。

そしてさらに愛らしいのは、口のまわりについた粉砂糖を払おうとするときの仕種《しぐさ》だ。兎が顔を洗う仕種なのだが、短い前肢で顔を懸命に拭《ぬぐ》うのだ。

兎の愛らしい仕種トップスリーに入ると言っても過言ではないだろう。ギーレンの一等お気に入りだった。

ドーナツで腹をパンパンにした羽根兎たちが、黒蓮華の草原のあちこちで丸くなって昼寝をはじめる。

なかにはヘソ天――いわゆる腹だしのまるで警戒心のない恰好《かっこう》でくーくーと眠る個体もいて、ギーレンは目を細めた。

この黒蓮華の草原が埋まるほどに羽根兎が繁殖すればいいのに……と彼は能面の下で思う。

黒蓮華は、食《は》まれても食まれてもすぐに生えてくるし、羽根兎は増えてもまるで害のない小型魔獣だ。

可愛さ極まって騒動がおきたという例は訊《き》いたことがない。――いや、まるきりないわけでもないだろうが、それは悪魔同士や稚児を巡っての話であって、中心に羽根兎がいた事例は聞いたことがない。

「またくるよ。いい子にしていなさい」

「きゅい」

膝の上の羽根兎を心ゆくまで撫《な》でて、ギーレンは腰を上げた。いつまでもこうしているわけにもいかない。彼にはノイエンドルフの館を完璧に管理するお役目がある。

ギーレンの評判は、そのまま梟木菟族の――能面梟の評判となる。それほどに、貴族に仕える執事の存在は重要で、選ばれた者以外、誰もがなりたくてなれるものではないのだ。

「旦那《だんな》様は、狩りにお出かけのようだ」

それともライヒヴァイン公爵邸に遊びにお出かけか、はたまたグレーフェンベルク伯爵の館のあたりまで飛んでいかれたか……。

そんなことを考えながら、ギーレンは竈《かま》を守る火吹きイグアナに火を熾《おこ》すように命じ、使役獣の代表格であるゼブラ模様のテンたちにダイニングテーブルのセッティングを命じた。

今宵は冥界《めいかい》牛の丸焼きに魔界魚のフリット、七色茸《きのこ》のグリルを添えてディナーとすることにしようと決める。

ワインは二千年ものの赤がいいだろうか。魔界魚のフリットには濃厚なソースを添えるから、赤も合うはずだ。

テキパキと使役獣たちの指示を与えつつも、明日羽根兎たちに振る舞うドーナツには、血色酸塊《スグリ》のドライフルーツを混ぜてみたらどうだろうかと考える。羽根兎は甘い木の実を好むから、きっと喜ぶに違いない。

その愛らしい姿を思い浮かべて、ギーレンは胸中をほんわかさせる。当然表情は変わらぬ能面のままだ。


そんなある日のことだった。

いきなり大鷲《おおわし》に変化して飛び出していったかと思ったノイエンドルフ候が、珍妙な生き物を連れて戻ってきた。

「きゅい〜」

鳴き声は羽根兎だが、ギーレンのよく知る羽根兎とは大きく違っていた。

真っ白でふわふわな毛におおわれていた。耳も通常の黒毛の羽根兎よりもずっと長い。何よりくるりとつぶらな目が印象的だった。

左右の色が違うのだ。金と青の、いずれも宝石のように美しい瞳《ひとみ》をしている。

主曰《いわ》く、「黒蓮華の花畑をぴょこぴょこ跳ねていた」そうだが、真っ白の軀《からだ》で真っ黒な花畑を駆けるなど、なんとも無謀な羽根兎だ。怖いもの知らずにもほどがある。ノイエンドルフ候が助けなければ、いまごろ下級淫魔《いんま》の餌にされていたに違いない。

ギーレンがついうっかりそんなことを呟いたら、ノイエンドルフ候の腕に抱かれた白羽根兎が、青くなってぷるぷると震えだした。いまさら恐怖が襲ってきたのかもしれない。

怯《おび》える表情も愛らしい……などと考えるギーレンも、主を笑えない気質の持ち主だ。

真っ白ふわふわな羽根兎の、珍しい金と青の瞳を見やることしばし、「これは……」と思い至ったギーレンは、主に負けず劣らずの意地悪い行動に出た。

「わたくし、この子に名前をつけたいと思うのですが、よろしいでしょうか？」

ギーレンが確認すると、主もニンマリと口角に笑みを刻んで、「かまわん。言ってみろ」と言葉の先を促してくる。

「この瞳の色から、今や魔界一の美貌《びぼう》と評判のグレーフェンベルク伯爵にあやかって、レネと名付けたいのですが、恐れ多いでしょうか？」

ノイエンドルフ候の腕のなかで、真っ白ふわふわな羽根兎がびくんっと軀を震わせた。おやおや……と思いながらも、ギーレンの表情は変わらない。

「かまわないだろう」と頷《うなず》いて、そんな気もないのにノイエンドルフ候は「伯爵には断りを入れておく」と返した。

ノイエンドルフ候が白羽根兎を撫でると、ふわふわの塊がじたじたと暴れる。まるで「いやだっ」と訴えるかのように。

「名前を覚えたのかもしれません。賢い兎ちゃんです」

などと、ギーレンが胸中で笑いを嚙《か》みしめながら言うと、白羽根兎は「きゅううぅっ」と切なげに鳴いておとなしくなった。どうやら諦《あきら》めたらしい。

主の腕のなかでぐったりと四肢を投げ出した愛玩魔獣を見やって、ギーレンはいいことを思いついた。

「普通の羽根兎よりも耳が長いようでございますね。飾り甲斐《がい》があります。何か見つくろってまいりましょう」

着せ替え人形にしがいがあるというものだ。

これだけ愛らしければ、ふりふりのドレスも耳飾りも、なんでも似合うだろう。

倉庫をあさればアンティークの細工ものがいくつも見つかるはずだ。悪魔貴族は派手な装飾を好むから、金銀細工のほどこされたアクセサリーや金糸銀糸に飾られた布地は貴族の館ならどこにでもある。

愛らしい羽根兎、しかも白毛に似合うものとなると少し選ばなければならないだろうが、それも一興。

そのあとで、羽根兎のディナーのメニューを考えなければ。

羽根兎は緋色蓮華《ひいろれんげ》や黒爪草《くろつめくさ》などの草を好んで食べるけれど、基本的には雑食だ。あまりかたいものは食べられないが、何か気に入りそうなものを見つくろわなければ。

甘い菓子がいいだろうか、それともスープのほうがいいだろうか。摘みたての花のサラダとか？

倉庫から、金糸銀糸に飾られた、人形用の小さなベストとドレス、白く長い耳に似合いそうな髪飾りを探しだして見つくろい、主の部屋に届ける。

長い耳を持て余し気味にひきずった恰好で、白羽根兎はノイエンドルフ候の膝に抱かれていた。心地好《よ》さそうに撫でられている。

なんとも愛らしい姿だった。黒衣をまとった美貌の大悪魔の膝で寛《くつろ》ぐ、真っ白ふわふわな羽根兎。

こんな素晴らしい光景を間近に見られるなんて、執事として光栄の極みだ。

ギーレンの提案に従って、風呂《ふろ》で洗われた白羽根兎レネはさらにふわふわの艶々になって、ますます愛らしいことこの上ない。本人もまんざらでもない様子だ。自分の愛らしさを理解しているのかもしれない。

だがギーレンは、自分が白羽根兎を撫でたいとは露ほども思わない。白羽根兎のレネは主であるノイエンドルフ候の寵愛《ちょうあい》の対象であって、自分のペットではない。自分は主の寵愛を影から支え、それによって密やかな欲望を満たすのだ。それこそが執事の醍醐《だいご》味。

白羽根兎レネは洋服を嫌がった。髪飾りにも微妙な顔をした。ノイエンドルフ候が長い耳を結んでやろうとしても、嫌がってふりほどいてしまったという。

「気位の高い兎ちゃんを満足させるものを探しあてるのも、執事の役目というものですね」

そんなことを呟いて、ギーレンは「ふむ」と顎《あご》を撫でる。

洋服は特注に出して、耳飾りも専門の職人に特別につくらせることにしよう。魔界には貴族の黒衣を飾る細工ものを専門に扱う職人魔族がいるのだ。

その夜は、ノイエンドルフ候の言いつけどおり、白羽根兎レネのために黒蓮華と紫クローバーのサラダをつくったのだが、案の定気に入らない様子だった。

ノイエンドルフ候が、白羽根兎レネが怒ったり拗《す》ねたりする表情を存分に楽しんだ頃合いを見つくろって、ギーレンは奥の手を出す。

ギーレンが指先を鳴らすと、ゼブラ模様のテンたちが長い軀をくねくねさせた上に大きな皿をのせて運んでくる。

その上には輪っか状の白い粉をまとった甘い匂《にお》いの食べ物――ドーナツが山盛りになっている。

ギーレンのなかで、羽根兎といえばドーナツだった。日ごろ、館周辺の羽根兎たちが喜んで食べているドーナツを、白羽根兎レネのためにつくったのだ。

山と積み上がった食べ物が何かを認識して、白羽根兎レネは金と青の瞳を見開いた。長い耳をふわり…とさせ、鼻先をひくひく。

何を思い出したのか、眉間《みけん》に皺《しわ》を寄せるのを見て、「なにかほかのものをお持ちいたしましょうか？」と提案すると、白羽根兎レネははたと我に返った様子でぷるるるっと首を振る。

そして、意を決したような顔でドーナツの皿にぴょこぴょこっと歩み寄って、鼻先を寄せる。くんくんっと甘い匂いを嗅《か》いで、そしてまずはペロリ…とひと舐《な》め。そして、先ほどとは違う様子で金と青の瞳を見開いた。

「きゅい～」

つぶらな瞳をキラキラさせて、感動しきりといった様子で鳴く。

金と青の瞳が丸々と見開かれた表情は、なんとも表現のしようのないほどに愛らしいものだった。

その背を撫でながら、ノイエンドルフ候も満足そうだ。

「きゅいきゅいっ！」

ふかふかの生地にあむっとかぶりついて感動に飛び跳ね、嬉しそうに鳴く。

そのたび長い耳がふわふわと揺れて、黒毛の羽根兎にはない愛らしさを振りまく。

「よほど腹が空《す》いていたんだな」と苦笑する主に、「気に入っていただけたようで、ようございました」とギーレンはホッと胸を撫で下ろした。

ギーレンの視線の先、白羽根兎レネはドーナツの山に顔を突っ込む勢いで、ドーナツを頬張りつづける。

そんな姿は、ライヒヴァイン公爵がいつも膝にのせている黒猫族のノエルに勝るとも劣らない愛らしさ。いや、ギーレンの目には、レネのはうがずっとずっと愛らしく映っている。

至福の光景を満足いくまで眺めて、こちらのほうが満腹だ。

白羽根兎レネはというと、「その小さな軀のどこに入るのだ」というノイエンドルフ候の感嘆どおり、山盛りのドーナツを見る間に腹に収めてしまった。

ただでさえ、ふわふわなのに、ぱんぱんに腹が膨らんでころころになっている。

「きゅうぅ」

パンパンになったお腹《なか》をノイエンドルフ候に撫でられて、気持ち好さげに鳴く。目もとろんっとしはじめていた。

「気持ちいいのか？」

そう言うノイエンドルフ候も愉快そうだ。今日はワインの減りが早い。

「眠くなられたのでは？」とギーレンが言葉を向けると、白羽根兎レネの腹を撫でながら、ノイエンドルフ候も「そのようだな」と頷いた。

この後に及んでも、鳥籠《かご》に入れようかなんて意地悪を言って白羽根兎レネを泣かせようとする主をギーレンが諫めると、主は苦笑して白羽根兎レネを膝にしっかりと抱いた。

やわらかな毛の感触をたしかめるかのように撫でるノイエンドルフ候の手に鼻先を寄せて、白羽根兎レネが甘える。

小さな前肢で重くなった瞼《まぶた》をこしこしする、無意識だからこその仕種の愛らしさ。ついつい目を細めてしまうのは、ギーレンに限ったことではなかった。

「まったく、警戒心のないことだ」

ノイエンドルフ候が、やれやれと呟く。その膝の上で、白羽根兎レネはくーくーと実に心地好さげに眠りに落ちていた。

「そんなことでは――」

赤い瞳を細めながら、候が苦笑気味に言う。

「――貴族は務まらないぞ」

その呟きを、ギーレンは聞かなかったことにした。主に都合の悪いことは耳に入れない。それも執事の理《ことわり》だ。

当初はビクビクとしていたものの、多少は開き直ったのか、白羽根兎レネは周囲を観察する余裕を見せはじめた。次に何をされるのかと、怯えるような、一方で興味深げな表情を見せる。さすがに賢い。

ふわふわの綿あめのような真っ白な毛並みはシルクのように艶やかで、何もしなくても充分に美しいのだけれど、綺麗《きれい》に櫛《くし》をとおして繊細な細工の耳飾りをつけたら、絶対にもっと可愛いはず！

そんな執事の希望を、声にせずとも主は汲み取ってくれたらしい。

この日ギーレンは、白羽根兎レネの毛並みに櫛を入れる僥倖《ぎょうこう》にあずかった。

大きな姿見の前にレネを座らせ、魔界柘植《つげ》の櫛で、繊細な毛を傷つけないように、そっとそーっと櫛をとおす。

ひと櫛とおしただけで、真っ白艶々の毛並みが、さらに真珠の艶をまとった。

毛をいためないように、慎重に慎重に……というのは表向きの言い訳にすぎなくて、ギーレンは白羽根兎レネの極上の手触りを堪能《たんのう》していた。

艶々すべすべで、まさしくシルクのよう。こんなふわふわを抱いて眠ったら、さぞかし極上の眠りを得られることだろう。

悪魔は睡眠をとらなくても死にはしないが、魔力を充実させるために、人間と同じように身体《からだ》を休める習慣がある。

「きゅうぅ」

もういいでしょう？　と言いたげに、白羽根兎レネが不服気な顔で首を巡らせる。「もう少しですから」と、ギーレンは小さな頭を正面に向けさせた。

その鏡の向こう――ようはふたりの背後では、ノイエンドルフ侯が身づくろいされるレネを興味深げに眺めている。飽きもせずじっと。白羽根兎レネの眉間に徐々に皺が寄っていくのを、愉快そうに観察している。

そんな主の様子も考慮しつつ、ギーレンはゆっくりと櫛をとおしつづける。さすがに飽きたらしい白羽根兎レネがむっつりと口をへの字にしはじめてようやく櫛を置いた。――が、それで終わりではない。

次に洋服選びに入ると、白羽根兎レネが救いを求めるように侯爵を見上げる。当然、侯爵が応じるわけがない。

ギーレンが新たに用意したあれこれを、今度はノイエンドルフ侯も一緒に物色する。レネの白い頬がひくり…と引き攣《つ》った。ヒゲがぴくぴく。

「レネの金青妖眼には、明るい色が似合う」と、ノイエンドルフ侯が可愛らしいピンク色のレースが何重にも組み合わされたドレスを取り上げる。途端レネが「いやだぁ」と言うように、「きゅいぃぃっ」と鳴いた。

恨めしげにノイエンドルフ侯を見上げる金と青の瞳は涙目だった。愛らしさの極みだ。

主が目を細める一歩後ろで、ギーレンも胸中で満足のため息をつく。表向きは能面のまま。

恥ずかしいからいやだっ、と拗ねた顔をしていた白羽根兎レネだったが、ノイエンドルフ侯が「可愛いぞ」と耳元に甘い囁《ささや》きを落とすと、とたんにぽっと頬を赤らめて、とろんっとつぶらな瞳を潤ませた。

小さな前肢が、ノイエンドルフ侯の黒衣にきゅっと縋《すが》る。

甘える仕種が愛らしい。

不遜《ふそん》に口角を上げながらも、主は満足そうだった。そしてギーレンもまた、そんな主と愛らしい白兎の触れ合いを見ているのが、微笑《ほほえ》ましくてならない。

さて、この日以降、ノイエンドルフ侯は館を訪れる魔族たちに、珍しい真っ白な羽根兎を自慢するようになった。

だが、誰にも指一本触れさせない。

候は白羽根兎レネが拗ねて不服そうにする顔を見たくてやっているのであって、誰かれかまわず見せびらかしたいわけではないのだ。

ギーレンには、それがわかっている。

客が帰れば、それまでおとなしくされるがままになっていた白羽根兎レネは、耳飾りを振り落とし、洋服も嫌だと暴れる。その一連のやりとりさえも、ノイエンドルフ候の楽しい日課のひとつとなっている。

一方でギーレンはというと、こちらも新たな楽しみを見出《みいだ》した。

館周辺に棲みつく羽根兎たちを餌付けしたときのように、白羽根兎レネのために美味しいものを用意したい。

そう考えたとき、彼の頭に浮かんだ人物はただひとりだった。

2

ぱたぱたと羽音がして、パントリーでゼブフ模様のテンたちや、元は蛇蜥蜴《ヘビトカゲ》族の青年だった小蛇のデューイに仕事をいいつけていたイヴリンは、「またか……」とため息をついた。

「イヴー、ただいまー！」

ぱたぱたぱたっ、ぎゅむっ。

パントリーのアーチ窓から帰ってきた主のアルヴィンが、小さな蝙蝠《コウモリ》姿のままイヴリンの胸元にぎゅっと抱きついたのだ。

小さな羽根を目いっぱいまわして、頬をすりすり。

「……アルヴィンさま……」

イヴリンが眉間を押さえて低い声を出しても、まるで動じる様子はない。

しがみつくアルヴィンをベリッと音がしそうな勢いでひっぺがし、目の高さへ。

「また人間界に下りてらっしゃったのですね？」

「……え？　いや……」

途端しどろもどろになったアルヴィンは、イヴリンの睨《にら》む視線から逃げるように金色の目を逸《そ》らす。

「ほどほどになさいませんと、大魔王さまからお叱りを受けますよ」

「大丈夫だよ。僕程度が何をしたって、魔界の何が変わるわけじゃないんだから」

兄上とはわけが違うよ……と、まるで頓着《とんちゃく》のない様子で言う。

貴族の末席を汚す程度の輩《やから》のことなど、大魔王さまも気にとめたりしないよ……と、あっけらかんと言う。

卑屈になっているわけではない。これがアルヴィンの本音なのだ。

貴族位にも頓着なく、魔界の社交にも興味を持たず、趣味は人間観察と、人間界の食べ物探索という、アルヴィンはちょっと変わった悪魔だ。

伯爵位をいただきながら、上を見ようとしない主の発言を聞くたび、イヴリンはもどかしくてしようがないのだが、アルヴィンは一向に聞き入れない。

本当に脳なしなら諦めもつくのだけれど、この小さな蝙蝠姿も、気のいい若造にしか見えない普段のアルヴィンも、すべてが仮の姿と知っているから、イヴリンはより悔しいのだ。

だが、その事実を知るのは、魔界でもごく限れられた者のみ。イヴリンは、アルヴィンの強大な魔力が暴走しないように、体調を管理する役目を大魔王さまから密かに言いつかっている。

人間界のものをどれだけ食べたところで魔力の足しにもならないからいいのだが、万が一人間界で魔力が暴走するようなことがあっては一大事だ。

魔力を爆発させたときの自身に覚えがないらしいアルヴィンは、まるで頓着なく人間界に下りるのだけれど、あとからそれに気づいて、イヴリンは毎度ひやひやしていた。

「と、ところで、どうしたの？　皆総出でおかたづけ？」

テンたちがひっきりなしにパントリーを行き来するのを見て、アルヴィンが首を傾《かし》げる。

「やっぱり、お忘れだったのですね！」

イヴリンの眉《まゆ》が吊り上がった。アルヴィンは蝙蝠姿のまま、たらり……と冷や汗をたらす。

「クライドさまからのご紹介だというのに！　主がいなくてどうなさいます！」

「……あ」

言われてようやく、今日は予定が入っていたことを思い出した様子。視線が泳いでいる。

イヴリンが部屋に迎えにいったときには、とっくに館を向け出したあとで、アルヴィンの姿はどこにもなかったのだ。

「ノイエンドルフ侯爵のところのギーレンがくるんだっけ？」

で、なんの用だったの？　と尋ねられて、イヴリンはまたもピクリ……と眉を戦慄《わなな》かせた。蝙蝠がひとまわり小さくなった気がする。

「クライドさま経由で、バウムクーヘンのつくり方を教えてほしいと打診をいただいたのです」

そうお話ししましたよね！　ときつく念押しすると、アルヴィンは「そ、そうだったね」とちっさな爪《つめ》のついた指先をいじいじ。

イヴリンのじっと見据える視線に耐えかねて、ぽんっ！　と変化を解く。

長い黒髪をろくすっぽ結いもせず、後ろでひとつにまとめただけ、簡素な黒衣をまとい、悪魔貴族らしい金銀細工の装飾品も身につけていない。胸に貴族の証《あかし》である大きな宝石がなければ、誰も伯爵とは思わないだろう。

「イヴ～」

図体だけは大きくなった子どものような仕種で、イヴリンにぎゅうっと抱きついてくる。広い胸にすっぽりと取り込まれた恰好で、イヴリンはひとつため息をついた。

「ご希望どおり、バウムクーヘンのレシピをお伝えして、試作もしていただいて、満足してお帰りいただきました」

ライヒヴァイン公爵の顔を潰《つぶ》すようなことはないはずだと報告をする。

「ありがとう。イヴリンは魔界一の執事だよ」

額でちゅっと甘い音。

「……アルヴィンさま」

咎めるように睨んでも、声に甘さが含まれていては意味がない。

「わ……っ」

イヴリンを姫抱きにして跳躍したかと思ったら、アルヴィンの自室に連れ込まれていた。

「アルヴィンさまっ」

「いいでしょ。ね？」

ベッドに転がったアルヴィンの広い胸の上に引き上げられる恰好で、唇に触れるだけの淡いキスが繰り返される。

「……もうっ」

しょうがないですね……と、イヴリンは身体の力を抜く。

イヴリンにしたところで、大好きなアルヴィンに求められれば、嫌とは言えない。ただ、どうしても乱れる姿を見られるのが恥ずかしいだけだ。

「でも、ちょっと悔しいなぁ。イヴリンのバウムクーヘンは僕のためのものなのに」

そもそもは、人間界の食べ物が好きなアルヴィンのために、イヴリンが魔界の食材を使って作れるように開発したレシピだ。

「兄上さまの頼みですよ」

ほかでもないライヒヴァイン公爵の頼みなのだから断れるわけがない。日ごろから世話になりっぱなしで、こんなことでしか返せないのだから。

イヴリンがいなすと、アルヴィンは「そうだけどさー」と口を尖《とが》らせる。その唇に、今度はイヴリンからちゅっとキスを返した。途端、アルヴィンの機嫌が上向く。

「ギーレンさんには、他に漏れないようにとお願いしておきました。なんでも、ノイエンドルフ候が真っ白な羽根兎を拾われたとかで、ずいぶんと寵愛されているようです」

「へぇ……その白い羽根兎のためにバウムクーヘンを？」

羽根兎って、黒蓮華とか紫クローバーとかを食べるんじゃないの？　とアルヴィンが首を傾げる。

「普通はそうですが……なんといっても真っ白だそうですから」

なにをもって普通というのか……とイヴリンも首を傾げた。

魔界の生き物は概して黒い色をしている。でなければ血色か紫か、高貴なもののなかには狼《おおかみ》に変化したときのクライドのように銀色をまとう者もいるが、とくに下級の魔族になれば基本は黒だ。テンは白と黒のゼブラ模様をしているが、これは例外といえる。

「ノエルがなんかしたわけじゃないよね？」

クライドの世話になっている、イヴリンの兄弟弟子にあたる執事見習いの黒猫族は、奇妙な力をもっていて、ときどき騒動を呼び込む。今回もそうではないのかと問うアルヴィンに、「今回は違うようです」とイヴリンが即答した。

「でしたら、クライドさまが黙ってはおられないでしょう」

イヴリンの指摘に、「それもそうだね」とアルヴィンが同意する。

「こっぴどくおしおきされてそうだ……」

学習能力のないノエルにお仕置きと称して、あんなことやこんなことをするのが、ここのところのクライドの一番の楽しみであることは、アルヴィンのみならずイヴリンも知っている。

「ギーレンも、実は可愛いものが好きだって聞くから、何かしてあげたかったのかもね」

可愛い可愛い白羽根兎のために、何か特別なことをしてやろうと考えたのかもしれないとアルヴィンの談。

「ええ。果たしてご満足いただけたのか正直不安だったのですが、最後にとても楽しかったと言ってくださいました。ギーレンさんも、白い羽根兎を大層可愛がっておられるご様子でした」

「能面梟は表情が変わらないから、よくわからないよね」

イヴリンの報告に、アルヴィンはギーレンの能面面を思い出して苦笑する。そして、「満足してもらえてよかったね」と微笑んだ。

イヴリンのバウムクーヘンを食べるのが可愛い白羽根兎ならいいや、と納得顔。イヴリンがほっとしたところで、しかし若い主は拘束の腕を解いてはくれなかった。

「アルヴィンさま、お食事もまだ……」

「ディナーのまえに、イヴリンが食べたいな」

いったいどこでこんなセリフを覚えてくるのだろうか。ニッコリと邪気のない顔で言われても、こちらは恥ずかしいばかりだ。

「……んっ」

隙《すき》を突くようにして、唇を奪われる。今度は深く。

「あ……んんっ！」

不埒《ふらち》な手に執事服の襟元を乱され、そこに愛撫《あいぶ》を落とされる。生真面目に執事職をまっとうするストイックさが黒猫族の特徴だが、その一方で、主など心を開いた相手に求められれば、常のストイックさが嘘《うそ》のように淫《みだ》らになるのもまた、黒猫族の特徴だ。

イヴリンもまた、アルヴィンに求められれば、ストイックな執事服の下に隠した敏感な素肌を曝《さら》すことになる。

「イヴ、大好きだよ」

甘ったるい言葉とともに、アルヴィンがイヴリンの細い腰を抱える。

「あ……ぁっ、ダメ……っ」

「なにがダメなの？　ちょっといじっただけなのに、イヴのここ、もうとろとろになってるよ」

無邪気な声で厭《いや》らしいことを囁きつつ、アルヴィンの長い指がイヴリンの後孔を探り、充分に蕩《とろ》けるのを待って、その場所に熱く硬いものが擦りつけられた。

「は……ぁっ、アルヴィン…さま……っ」

懇願を滲《にじ》ませた瞳を上げると、そこには、どこかクライドに通じるものを感じさせる、悪戯《いたずら》な色を滲ませた瞳。

「どうしてほしいの？　言って？」

甘ったれた声でねだる。

甘えているふりで、それは脅迫でしかない。

なんて性質《たち》が悪い……素直で邪気がないように見せかけて、一番厄介な性質だ。

「や……あぁっ！」

硬い切っ先がイヴリンの蕩けた入り口をなぞる。けれど、疼《うず》く最奥《さいおう》を満たしてはくれない。

「い…や、おねが……っ」

焦《じ》らさないで……と懇願しても、アルヴィンは許してくれなかった。

「ねえ、イヴ。なにがほしいの？　その可愛い口で、厭らしくおねだりして」

耳朶《じだ》をくすぐる甘ったるい声。

追い詰められたイヴリンは、とうとう観念した。

「欲し……、アルヴィン…さま……っ」

「何が？　どこにほしいの？」

無情に返されて、イヴリンの碧眼《へきがん》から涙の雫《しずく》があふれた。それを、アルヴィンがキスで拭いとる。

「……っ、アルヴィンさま……の、奥に……入れて……っ」

早く……！　と訴えた直後、ズン…ッ！　と脳天まで衝撃が突き抜けて、イヴリンは悲鳴を迸《ほとばし》らせた。

「ひ……っ！　や……ぁっ、あぁっ！　……んんっ！」

若さゆえの激しさで、アルヴィンがイヴリンを翻弄《ほんろう》する。イヴリンは黒猫族ゆえの淫らさで、それを甘受した。

「い……いっ、も……っとっ」

もっと激しくと請う濡《ぬ》れきった声、主を見上げる瞳には媚《こ》びた色。

黒猫族の本能のままに、イヴリンも欲望を貪《むさぼ》る。アルヴィンは、普段封印されている魔力のいくらかを爆発させるかのように、激しくイヴリンを求めた。

「――……っ！」

一際深く穿《うが》たれて、最奥で熱い飛沫《ひまつ》が弾《はじ》ける。イヴリンは痩身《そうしん》を痙攣《けいれん》させ、注がれる情欲に満たされる歓喜に震える。

「アルヴィン…さま」

濡れきった瞳でもっと……と求めて細い腕を伸ばす。

「厭らしいイヴも素敵だね」

アルヴィンは嬉しそうに言って、繋げたままの腰を揺すった。

「あぁ…んっ！」

イヴリンが高い声を上げる。

「気持ちいい？」

「ん……」

「でもイヴは、もっと激しいのが好きなんだよね？」

ニッコリと恐ろしいことを言う。

「ひ……っ！」

そういうわけでは……と反論する余地もなかった。再び最奥を突かれて、悲鳴を上げる。激しく揺さぶられて視界がガクガクと揺れる。

「あ……んんっ！　あんっ！　あ……ぁっ、――……っ！」

声を抑えることもかなわず、イヴリンはやわらかな髪を振り乱し、縋ったアルヴィンの腕に爪を立てた。

「イヴ……イヴ……ずうっと一緒だよ」

絶対だからね！　と、もはや何度目かもしれない約束をねだられて、イヴリンはコクコクと頷く。

「約束やぶったらひどいからね」

甘ったるい声で言うほうはどこまで本気か知れないが、実際に魔力を爆発させたアルヴィンに凌辱《りょうじょく》された経験のあるイヴリンにとっては冗談ではすまされなかった。

また起き上がれなくなるのは困る。

その一方で、アルヴィンの激しく情熱的な一面をもう一度見たい気持ちも、たしかにあるのだった。

3

はじめてウェンライト伯爵の執事イヴリンにバウムクーヘンを習いに行った日のことを思い出しながら、今日もギーレンはバウムクーヘンを焼く。

酷薄鳥《こくはくちょう》の卵と冥界山羊《めいかいやぎ》のミルクと……イヴリンのレシピは完璧かつシンプルで、あれから一度も失敗することなく、バウムクーヘンを焼くことがかなっている。

イヴリンに習ったバウムクーヘンを、白羽根兎レネのためにはじめて焼いた日のことを、ギーレンは明確に覚えている。

「どうぞ召し上がれ」と差し出すと、白羽根兎レネは不思議そうな顔をしたあと、カットしたバウムクーヘンをひとかじり。感電したかに感動を露《あら》わにして、それからあむあむとバウムクーヘンを頬張りはじめた。

ドーナツを頬張る姿も可愛らしかったが、口の周りを屑《くず》だらけにしてバウムクーヘンを頬張る姿もそれはそれは愛らしかった。

わざわざライヒヴァイン公爵に紹介を頼んで、イヴリンに習いに行った甲斐があると感動を覚えた。

なるほど、イヴリンが王のために甘い菓子を焼く気持ちが理解できる。さすがはウェンライト伯爵家直伝と関心しきりだった。

バウムクーヘンをペロリと平らげた白羽根兎レネに、ノイエンドルフ侯が「ドーナツとどっちが好きだ？」と尋ねていた。

バウムクーヘンのほうがいい！　と訴えているように、錯覚かもしれないが、ギーレンの目には見えた。


あのあと、ひと悶着《もんちゃく》もふた悶着もあって、ノイエンドルフ侯爵家の日常は、以前とは少し景色を変えた。

白羽根兎のレネは姿を消し、かわりにレネ・グレーフェンベルク伯爵の姿を頻繁に……いやほぼ毎日、館で目にするようになった。

主と伯爵の関係を、ギーレンはほくほくと見守っている。

伯爵は、つんっと澄ました美人顔でありながら、その中身は実に愛らしい人物で、ギーレンにすら侯爵とラヴラヴしているところを見られるのを恥ずかしがる。

きつい眦《まなじり》を朱に染めて、侯爵の膝にのせられて縮こまっている姿などは本当に愛らしくて、まったくもって目の保養だ。

白羽根兎の姿が見られなくなったかわりに、伯爵に懐いてしまった羽根兎の子どもが、館にいつくようになった。

伯爵にべったりと懐いている仔羽根兎ではあるが、ちゃんと立場をわきまえているようで、侯爵と伯爵の閨《ねや》を邪魔するような無粋はしない。そういうときは、ギーレンの傍《そば》で丸くなっていることが多い。

館の周辺に棲みつく羽根兎たちには、最近は血色酸塊《スグリ》入りのドーナツが人気だ。最近ますます数を増やして、ときどき大きな団子になっている。それに埋もれるように羽根兎たちを愛でているグレーフェンベルク伯爵もまた愛らしくて、その光景を見るのがギーレンの密かな楽しみとなっていた。

そこへ、どーん！　と何かが弾ける音がして、館が揺れるかと思うほどの振動が襲う。

「おやおや……」

怯えてしがみついてきた仔羽根兎を抱きとめて宥《なだ》めていたら、何やら大きなエネルギーをまとった、だが小さな存在が、どどどどど……！　とこちら——パントリーに向かってくる気配。

はたして……と首を傾げていたら、「うにゃにゃにゃにゃあぁぁ〜〜〜っ！」と雄たけびを上げて、真っ黒なものが飛び込んできた。

ギーレンの首に飛びついて肩の上をぐるっと一周。長い尾を首に巻きつかせる恰好で、肩の上で唸《うな》るこれは……。

「レネさま？」

仔豹に変えられたらしきグレーフェンベルク伯爵だった。

すると今度は、一陣の風とともに侯爵が現れる。その赤い瞳は、ギーレンの肩の上の伯爵を完全にロックオンしていた。

「ち、ちいさくなったからって、思いどおりになんてならないんだからなっ」

愛らしい声で悪態をつく。

毛を逆立てていながらも、やはり怖いのか、長い尾をギーレンの首に巻きつかせたまま。

やわらかな毛の感触に、ギーレンは思わず遠い目になっていた。もちろん能面のまま、表情は変わらない。

偶然とはいえ、こんな僥倖にあずかれるなんて……！

可愛らしい仔豹が毛を逆立てている姿など、愛らしい以外のなにものでもないではないか。

「生意気な口を利く。しばらく館に帰れると思うな」

「みゃっ」

まるで仔猫のような悲鳴とともに、グレーフェンベルク伯爵は主の手に。仔豹ながらも懸命に爪を立ててはいるが、まるで相手にされていないのは明白だった。

何があったのか……たわいない痴話喧嘩《ゲンカ》に違いないのだが、伯爵の意地っ張りもなかなか筋金入りだ。しばらく侯爵は楽しめることだろう。伯爵が反抗的な態度に出れば出るほど、侯爵は愉しい人なのだから。

「さて、今宵《こよい》のディナーの準備は中断して、外でお茶にでもしましょうか」

「きゅい」

焼きかけの冥界牛の丸焼きの時間をとめて、ギーレンは仔羽根兎を抱いて外へ。わらわらと集まってきた羽根兎たちの真ん中に、どーんとドーナツを積み上げた皿を置いて、自分は紫林檎《リンゴ》のシードルをいただく。

彼の主は、しばらく寝室から出てこないだろう。〝しばらく〟が人間の世界の時間ではかれる単位ではないことは、もはや言い添える必要もないことだ。

仔猫と白兎

ライヒヴァインの館《やかた》には、すでにランバートという梟木菟《フクロウミミズク》族のベテラン執事がいて、ノエルは見習いという立場だ。

そもそもはクライドがランバートに楽をさせてやろうとノエルを拾ったのだけれど、ノエルが失敗ばかりするものだから、いつもいつもランバートの仕事を増やしてしまっている。

黒猫族として致命的といえるのは、ノエルには使役獣が使えないことだ。

テンや火吹きイグアナといった、一般的に使役獣として使われる小型魔獣のみならず、凶暴と言われる小型魔獣までも、ノエルには懐かせることが可能なのだが、誰ひとりとしてノエルの言うことを聞いてくれない。

皆仲良くはしてくれるし、一緒に遊んでもくれるのに、どうしても命令は聞いてくれないのだ。

なぜなのか、ノエルにはさっぱりわからない。

けれど、どんな小型魔獣も懐かせられることは、ノエルの唯一の特技というか、自慢だった。というか、それくらいしか自慢できることがない。

だというのに、このまえノイエンドルフ侯爵の館で出会った、真っ白でふわふわで耳が長くてとってもとっても可愛《かわい》らしい羽根兎《はねうさぎ》だけは、ノエルに懐いてくれなかった。

それが哀《かな》しくて心残りでしかたない。

紫紺薔薇《しこんばら》の花殻摘みをしていたら、まだ子どもの羽根兎に出会って、どうしても白羽根兎に会いたいというから、クライドに頼んでノイエンドルフの館に連れていってもらったのに、白羽根兎はどこかへ行ってしまっていないし、グレーフェンベルク伯爵には叱《しか》られるし、白羽根兎に会いたいというから連れてきた仔羽根兎はグレーフェンベルク伯爵に懐いてしまうし……。

なんだかもやもや。

ノエルは理不尽という難しい言葉はわからないままに、なんとなく納得できないでいた。

そんな心ここにあらず状態でいて、ただでさえ失敗ばかりのノエルに、執事見習いとしての仕事ができるはずがない。

案の定というかもはやお約束というか。

ノエルはこの日もやらかした。

ドンガラガッシャ――ンッッ!!

銀食器を、ひとつずつ片付けながら磨けばいいものを、パントリーの作業台に積み上げながら磨いていたために、山積みにしたそれをとうとう倒してしまったのだ。

館に来たばかりのころにも、同じ失敗をやらかした。

せめて同じ失敗を繰り返さないようにと懸命に心がけていたはずだったのに、まったく学習能力のないことをしてしまった。

——叱られる……っ！

銀食器に埋もれて、仔猫《こねこ》ノエルは青褪《あおざ》める。

「なにごとだ！」

館にクライドの声が響いた。

「ひ……っ」

いつもはクライドの膝《ひざ》でのうのうと甘えているノエルだが、それはそうするとクライドの機嫌がいいからだ。図々《ずうずう》しいわけでは決してない。本人にそんなつもりは毛頭ない。

だから、クライドの怒気にはいまだに震えあがってしまう。

——ど、どうしよう〜〜っ。

いつもいつも叱られているけれど、だからといって叱られることに慣れるわけもない。叱られるのはやっぱり嫌だ。

しかも今回は、初歩的なミスを犯している。

呆《あき》れられるどころではすまない気がする。

——どこへ……？

どこへ逃げたら……いや隠れたらいいいんだろう？　と思った瞬間に、ノエルは無意識のままに跳躍していた。

魔界の中心部にあるライヒヴァインの館から一足飛び、どこへ瞬間移動したのかと思ったら、どこかの館がすぐ目の前に。黒蓮華《レンゲ》の咲き誇る花畑で、羽根兎の群れに埋もれていた。

「きゅいきゅい？」

突然現れた黒猫族に、羽根兎が驚いて飛び跳ねる。

「すごい数……」

ノエルが思わず呟《つぶや》いたのと、その上に「どうして……」と驚きの声がかぶさったのは、ほぼ同時だった。

「……え？」

ノエルが振り向いた先にいたのは、羽根兎を膝や肩や頭やらにのせたグレーフェンベルク伯爵だった。

美しい黒髪に、宝石のような金と青の瞳《ひとみ》。

魔界一の美貌《びぼう》と謳《うた》われる上級悪魔が、ぽわぽわの羽根兎に埋もれているのは、なんともシュール……いや、可愛らしい光景だった。

「伯爵さま……」

「おまえは……」

見つめ合うことしばし、最初に我に返ったのはグレーフェンベルク伯爵のほうだったが、反射的にその場を立ち去ろうとして思いとどまり、ノエルを振り返る。

「不敬な！　立ち去れ！」

使用人の分際で、貴族の優雅な時間を邪魔するとは……！　と怒鳴られる。ノエルは「ぴゃっ！」と尻尾《しっぽ》を逆立てた。

「す、すすすすみません〜〜っ」

膝の上にのっていた羽根兎二匹をぎゅむっと抱いて、慌てて詫《わ》びる。そんな姿を見せられたら、無下にするのも憐《あわ》れと思ったのか、グレーフェンベルク伯爵は「怯《おび》えずともよい」と早口に吐き捨てた。

「きさま、どうやってきたのだ？」

「えぇ…っと、よくわかりません」

「わからない？」

「はい。また失敗をやらかしてしまって、クライドさまに叱られると思ったら、瞬間的に逃げちゃったみたいで……」

言葉は尻《しり》すぼみになった。いまごろクライドは激怒しているはずだ。見つかって連れ戻されたら、どんなお仕置きをされるかわからない。

「それはいったいどういう力なのだ？」

聞いたことがないぞと、グレーフェンベルク伯爵が眉根《まゆね》を寄せる。

「ボクにもよくわからないんです。ボク、黒猫族なのに執事にもなれない落ちこぼれで……どんな小型魔獣でも懐かせられるのが唯一の特技だったんですけど、このまえの白い羽根兎ちゃんは懐いてくれなかったし……」

しゅうんっと耳を伏せ、尻尾を垂れる。

ノエルの憔悴《しょうすい》しきった姿に、グレーフェンベルク伯爵は金と青の瞳を瞬いて、「そうだったのか……」と呟いた。

「べつに、白羽根兎も嫌だったわけではないと思うぞ」

そんなふうに言われて、ノエルは「そうですか⁉」と目をキラキラさせて身を乗り出す。

「え、いや……」

「本当にそう思われますか⁉」

縋《すが》るように尋ねると、グレーフェンベルク伯爵はさらに数度瞳を瞬いて、「ああ」と頷《うなず》いた。

「嬉《うれ》しい！　ありがとうございます伯爵さま！」

綺麗《きれい》な上にやさしくて、なんて素敵な人だろうと感激する。

「べつに、私は……」

伯爵は気恥ずかしげに長い睫毛《まつげ》を伏せて、ごにょごにょと何やら呟いた。

「伯爵さま?」

「な、なんでもないっ。きさま、そんな警戒心のないことでいいのか? 公爵に迷惑がかかるぞ」

気をつけた方がいいと忠告されて、ノエルはますます感動した。

ほかの貴族の使用人のことまで気遣ってくれるなんて、やはり貴族位を戴くほどの悪魔は懐が広いのだと関心する。

なのにクライドは、どうしていつもいつもお仕置きばかりするのだろう。

そりゃあ、そのあとでたっぷりと甘やかしてくれるけれど、お仕置きはちょっとつらい。気持ちいいけど、でもちょっとキツイ。

「どこまで逃げたかと思えば」

声と同時に一陣の風。

気づけばノエルは仔猫の姿に変化させられ、銀色大狼《おおかみ》に変化したクライドの大きな口に、首根っこを咥《くわ》えられていた。

いつの間に……! と見開いた視線の先、なんとも愉快そうな顔のノイエンドルフ侯爵に背後から瘦身《そうしん》を拘束される恰好《かっこう》で、グレーフェンベルク伯爵も目を見開いている。

「ヒース!?」

そうか、ここはノイエンドルフ侯爵の館の近くだ。ノエルはようやく気づいた。

「伯爵さま……？」

碧眼《へきがん》を瞬くノエルの前で、ノイエンドルフ侯爵がグレーフェンベルク伯爵の頤《おとがい》を捉《とら》え、耳元に何やら囁《ささや》く。途端伯爵の顔が青褪めた。

その様子を興味なさげにうかがっていたクライドが、「何を話していた？」とノエルに尋ねてくる。

「……へ？」

尻尾を巻いて四肢をぷらんっと投げ出した恰好のノエルがぎくしゃくと顔を向けると、「帰ったらじっくりと聞きだしてやる」と低く告げた。

「ほどほどにな」

グレーフェンベルク伯爵の黒衣をまさぐりながら、ノイエンドルフ侯爵が愉快そうに言う。クライドは「きさまこそ」とひと言を残して、ノエルを咥えたまま、藍色《あいいろ》の空に跳躍した。

ライヒヴァインの館に連れ帰られて、伯爵とはたいした話などしていないと、全部を白状させられて、なのにやっぱりお仕置きは免れなくて……。

「ひ……っ、あ……ぁあんっ！」

つんっと尖《とが》った胸の飾りを抓《つね》られ、大きく開かれた両脚の狭間《はざま》で屹立《きつりつ》したものを指の長い綺麗な手に嬲《なぶ》られて、ノエルは縋るようにクライドの腕に長い尾を巻きつけ、泣きじゃくる。

クライドの胸にすっぽりと包まれて、大きな姿見に局部を曝《さら》した恥ずかしい姿を映されて。

「クライドさまぁ」

甘ったれた声で、もうどうにかしてっと訴えると、「けしからんな」と耳朶《じだ》に低い声が落とされた。

「おねだりするときはどうするのだった？」

意地悪く言われて、ノエルは細い腕でクライドの首に縋る。

そして、「クライドさま大好き」と、ちゅっと愛らしく口づけた。

表紙のその後
レネ どうしてそっちへ行くんだ
膝に乗れよ
ぷいっ
俺は ここでいいよ
べつに座りたくないし
あー!
ヒースさま!
この子の耳 ヒースさまが結んだんですか?
そうだよ
どーん
すごいです! 僕にも教えてください!
……っ
貴様どこから!?
……!!?
そうそう この羽根を こっちに持ってきて

なんでおまえがそこへいくんだよ！
ガタッ
？
レネさまもきますか？
当たり前だ さっきから座りたかったけど言えな
……
羽根兎連れてさっさと帰れ!!
馬鹿!!
ごめんなノエル 素直になれない兎ちゃんで
うるさい 放せ!!
（もう）兎じゃない!!
主も 主と戯れるレネ様も 実にお美しく お可愛らしい
顔が緩みますね
微塵も緩んでいないぞ ギーレン
クライドさまー ばかって 言われましたぁ

あとがき

こんにちは、妃川螢《ひめかわほたる》です。

拙作をお手にとっていただき、ありがとうございます。

今作は、あの二冊で終わりだとばかり思っていた『悪魔』シリーズ続刊というか、スピンオフ作品です。

前作に脇役で登場してくれていた侯爵を中心に据えて、担当様のご希望で、今度はもふもふウサちゃんに挑戦しました。

悪魔同士のカップル、しかも超美人なキャラ設定でありながら、ウサちゃん姿でぴょこぴょこ跳ねてた記憶しかないレネが若干不憫ではありますが、言いだしっぺの担当様がもふもふ尻尾に萌えてくださったので、すべて良しとします(笑)

番外編のギーレン目線も、担当様のご希望です。

能面の下で「超萌え～」状態になっている執事、というのがリクエスト内容でした。ちゃんと応えられてたでしょうか？

イラストを担当してくださいました古澤《ふるさわ》エノ先生、お忙しいなか素敵なキャラたちをありがとうございました。

まさかこんなにキャラが増えるなんて……という嬉しい誤算状態で、お手数おかけしました。

妃川の今後の活動情報に関しては、ブログをご参照ください。

http://himekawa.sblo.jp/

Twitterアカウントもあるにはあるのですが、システムがまったく理解できないまま、ブログ記事が連動投稿される設定だけして、以降放置されております。

ブログの更新はチェックできると思いますので、それでもよろしければフォローしてやってください。

@HimekawaHotaru
皆様のお声だけが執筆の糧です。ご意見ご感想等、気軽にお聞かせいただけると嬉しいです。

そして、なんということか！

次作はまたも『悪魔』シリーズで、今作でちらっと存在を匂わせていた猫又さん登場だそうです。これも担当様のご希望です。（↑全部担当様になすりつける。笑。）

それでは、また。

次作でお会いできたら嬉しいです。

二〇一四年一一月吉日　妃川螢

LYNX ROMANCE

悪魔《あくま》公爵《こうしゃく》と愛玩《あいがん》仔猫《こねこ》

妃川螢　illust. 古澤エノ

本体価格
855円+税

ここは、魔族が暮らす悪魔界。上級悪魔に執事として仕えることを生業とする黒猫族の落ちこぼれ・ノエルは、森で肉食大青虫に追いかけられているところを悪魔公爵のクライドに助けられる。そのままひきとられたノエルは執事見習いとして働きはじめるが、魔法も一向に上達せず、クライドの役に立てず失敗ばかり。そんなある日、クライドに連れられて上級貴族の宴に同行することになったノエルだったが…。

LYNX ROMANCE

悪魔《あくま》伯爵《はくしゃく》と黒猫《くろねこ》執事《しつじ》

妃川螢　illust. 古澤エノ

本体価格
855円+税

ここは、魔族が暮らす悪魔界。上級悪魔に執事として仕えることを生業とする黒猫族・イヴリンは、今日もご主人さまのお世話に明け暮れています。それは、ご主人さまのアルヴィンが、上級悪魔とは名ばかりの落ちこぼれ貴族で、とってもヘタれているからなのです。そんなある日、上級悪魔のくせに小さなコウモリにしか変身できないアルヴィンが倒れていた蛇蜥蜴族の青年を拾ってきて…。

LYNX ROMANCE

シチリアの花嫁《はなよめ》

妃川螢　illust. 蓮川愛

本体価格
870円+税

遺跡好きの草食系男子である大学生の百里凪斗は、シチリアで遺跡巡りをしていた。偶然路地で赤ん坊を保護した凪斗は拉致犯と間違われ、保護者である青年実業家のクリスティアンの館に連れていかれてしまう。誤解は解けほっとする凪斗だったが、赤ん坊に異様に懐かれて、しばらくクリスティアンの館に滞在することに。なにかと構われ次第に想いを寄せるようになった凪斗だが、彼に別の顔があることを知ってしまい…。

LYNX ROMANCE

ゆるふわ王子の恋もよう

妃川螢　illust. 高宮東

本体価格
870円+税

見た目は極上、芸術や音楽には天賦の才を見せ、運動神経は抜群。そんな西脇円華だが、論理はからっきし、頭の中身はからっぽのザンネンなオバカちゃんである。兄のように慕っている元家庭教師・桐島玲の大奮闘のおかげでどうにかこうにか奇跡的に大学に入学できた円華は、入学前の春休みにバリのリゾートホテルで余暇をすごすことに。そこで小学生の頃タイで出会い、一緒に遊んだスウェーデン人のユーリと再会するが…。

LYNX ROMANCE

マルタイ —SPの恋人—

妃川螢　illust. 亜樹良のりかず

本体価格
855円+税

警視庁SPとして働く氷上は、ある国賓の警護につくことになる。その相手・レオンハルトは、幼馴染みで学生時代には付き合っていたこともある男だった。しかし彼の将来を考えた末、氷上が別れを告げ二人の関係は終わりを迎える。世界的リゾート開発会社の社長となっていたレオンハルトを二十四時間体制でガードをするため、宿泊先に同宿することになった氷上。そんな中、某国の工作員にレオンハルトが襲われ—？

LYNX ROMANCE

鎖《くさり》 —ハニートラップ—

妃川螢　illust. 亜樹良のりかず

本体価格
855円+税

警視庁SPとして働く氷上は、ある国賓の警護につくことになる。その相手・レオンハルトは、幼馴染みで学生時代には付き合っていたこともある男だった。しかし彼の将来を考えた末、氷上が別れを告げ二人の関係は終わりを迎える。世界的リゾート開発会社の社長となっていたレオンハルトを二十四時間体制でガードをするため、宿泊先に同宿することになった氷上。そんな中、某国の工作員にレオンハルトが襲われ—？

LYNX ROMANCE

シンデレラの夢《ゆめ》

妃川螢　illust. 麻生海

本体価格
855円+税

祖母が他界し、天涯孤独の身となった大学生の桐島玲は亡き祖母の治療費や学費の捻出に四苦八苦していた。そんな折、受験を控えている家庭教師先の一家の旅行に同行して欲しいと頼まれる。高額なバイト代につられてリゾート地の海外に来た玲は、スウェーデン貴族の血を引く製薬会社の社長・カインと出会う。夢が新薬の開発で薬学部に通う玲は、彼の存在を知っていたが、そのことがカインの身辺を探っていると誤解され…。

LYNX ROMANCE

恋《こい》するカフェラテ花冠《はなかんむり》

妃川螢　illust. 霧壬ゆうや

本体価格
855円+税

アメリカ大富豪の御曹司・宙也は、稼業を兄の嵩也に丸投げし、母の故郷・日本を訪れた。ひと目で気に入ったメルヘン商店街でカフェを開いた宙也は、斜向かいの花屋のセンスに惹かれ、毎日花を届けてくれるように注文する。しかし、オーナーの志馬田薫は人気のフラワーアーチストで、時間が取れないとあえなく断られてしまう。仕方がなく宙也は花屋に日参し、薫のアレンジを買い求めるが、次第に薫本人の事が気になりだし…。

LYNX ROMANCE

恋《こい》するブーランジェ

妃川螢　illust. 霧壬ゆうや

本体価格
855円+税

メルヘン商店街でパン屋を営むブーランジェの未理は、美味しいパンを追求するため、アメリカに旅立つ。旅先のパン屋で出会ったのは、パンが好きだという男・嵩也。彼は町中の美味しい店を紹介しながらパン屋巡りにも付き合ってくれた。二人は次第に惹かれ合い、想いを交わすが、未理は日本へ帰らなければならなかった。すぐに追いかけると言ってくれた嵩也だったが、いつまで待っても未理のもとに、嵩也は現れず…。

LYNX ROMANCE

猫《ねこ》のキモチ

妃川螢　illust. 霧壬ゆうや

本体価格
855円+税

ここはメルヘン商店街。絵本屋さんの看板猫・クロは、ご主人様の有夢が大好き。ご主人様に甘えたり、お向かいのお庭で犬のレオンとお昼寝したり近所をお散歩したり…毎日がのんびりと過ぎていく。ご主人様は、よく店に絵本を買いに来る、門倉っていう社長さんのことが好きみたいで、門倉さんがお店に来るととっても嬉しそう。でもある日、門倉さんに「女性のカゲ」が見えてから、ご主人様はすっごく落ち込んでしまって…。

LYNX ROMANCE

犬《いぬ》のキモチ

妃川螢　illust. 霧壬ゆうや

本体価格
855円+税

ここはメルヘン商店街にある、手作り家具屋さん。犬のレオンは家具職人の祐亮に飼われて、店内で近所に住む常連の早川父子が寛ぐ様子をよく眺めている。どうやら少し前に離婚したようで、まだ小さな息子を頑張って育てていた。そんな早川さんを、祐亮はいつも温かく見守っている。無口な祐亮は何も言わないが、早川さんに好意を持っているようだ。そんなある日、早川さんの息子の壱己が店の前で大泣きしていて…。

LYNX ROMANCE

猫《ねこ》と恋《こい》のものがたり。

妃川螢　illust. 夏水りつ

本体価格
855円+税

素直すぎて、いつも騙されたり手酷くフラれたりと、ロクな恋愛経験がない並木花永。里親募集のための猫カフェを営んでいる花永の店に、猫を引き取りたいと氏家父子が訪れる。なかなか希望の猫が決まらない父子は、雰囲気を気に入ったこともあり、店に通うようになった。フリーで翻訳の仕事をしている氏家は、離婚し一人で子供を育てていたが、家事が苦手だという。手伝いを花永がかって出たことから二人の距離は縮まっていき…。

LYNX ROMANCE

境涯《きょうがい》の枷《かせ》

妃川螢　illust. 実相寺紫子

本体価格
855円+税

三代目黒龍会総長・那珂川貴彬の恋人である花邑史世は、大学で小田桐という人物に出会う。最初は不躾な視線を危ぶんだ史世だったが、実は彼が国境無き医師団に所属する医者だったと知る。新たな交流が生まれた矢先、小田桐宛てに事故で亡くなった友人から、黒龍会とも関係があるらしい小包が届く。そして、小包を狙った何者かに小田桐が狙われ…。史世の成長とともに事件が渦巻くColdシリーズ最新刊が登場。

LYNX ROMANCE

連理《れんり》の楔《くさび》

妃川螢　illust. 実相寺紫子

本体価格
855円+税

三代目黒龍会総長・那珂川貴彬の恋人である花邑史世は、ある日暴漢に追い詰められていた男と子供を偶然見かけ助け出す。しかしその男は、黒龍会と敵対する組織・極統会に所属する久佐加という男と、総裁の孫である悠人だった。久佐加は、極統会から悠人を連れ出し逃げてきたようで、何か理由があると踏んだ史世たちは取りあえず二人を黒龍会の元に留め置くことにするが…。

LYNX ROMANCE

連理《れんり》の絆《きずな》

妃川螢　illust. 実相寺紫子

本体価格
855円+税

極統会と通じていた警察官が殺害され、参考人として三代目黒龍会総長である那珂川貴彬が警察に拘束されてしまった。貴彬の恋人・花邑史世は、事件にきな臭いものを感じ、裏を探ろうとする。そんな中、黒龍会の主要メンバーが次々と襲われてしまう。仲間との絆を感じはじめていた矢先の出来事に、史世は彼らを守るため、立ち上がるが…。元特殊部隊勤務・宇佐見×敏腕キャリア警察官・藤城の書き下ろし掌編『岐路』も同時収録。

LYNX ROMANCE

盟約《めいやく》の恋鎖《れんさ》

妃川螢　illust. 実相寺紫子

本体価格
855円+税

跡目問題に揺れる九条家。先代組長の嫡男である周にとって、幼馴染みにして親友、そして部下でもある勇誠は唯一無二の存在だった。周は、全てを捧げ影のように付き従う彼と共に亡き父の跡を継ぐと信じていた。だが勇誠の突然の裏切りにより、罠に堕ちた周は囚われ、監禁されてしまう。態度を豹変させた勇誠に、陵辱されてしまった周は…。書き下ろし掌編他、極道幹部・久頭見×エリート検察官・天瀬の「無言の恋咎」も収録。

LYNX ROMANCE

小説原稿募集

リンクスロマンスではオリジナル作品の原稿を随時募集いたします。

募集作品

リンクスロマンスの読者を対象にした商業誌未発表のオリジナル作品。
（商業誌未発表のオリジナル作品であれば、同人誌・サイト発表作も受付可）

募集要項

＜応募資格＞

年齢・性別・プロ・アマ問いません。

＜原稿枚数＞

４５文字×１７行（１枚）の縦書き原稿、２００枚以上２４０枚以内。
※印刷形式は自由。ただしＡ４用紙を使用のこと。
※手書き、感熱紙不可。
※原稿には必ずノンブル（通し番号）を入れてください。

＜応募上の注意＞

◆原稿の１枚目には、作品のタイトル、ペンネーム、住所、氏名、年齢、電話番号、メールアドレス、投稿（掲載）歴を添付してください。
◆２枚目には、作品のあらすじ（４００字～８００字程度）を添付してください。
◆未完の作品（続きものなど）、他誌との二重投稿作品は受付不可です。
◆原稿は返却いたしませんので、必要な方はコピー等の控えをお取りください。
◆１作品につき、ひとつの封筒でご応募ください。

＜採用のお知らせ＞

◆採用の場合のみ、原稿到着後６カ月以内に編集部よりご連絡いたします。
◆優れた作品は、リンクスロマンスより発行させていただきます。
原稿料は、当社既定の印税でのお支払いになります。
◆選考に関するお電話やメールでのお問い合わせはご遠慮ください。

宛　先

〒151-0051
東京都渋谷区千駄ヶ谷４−９−７
株式会社　幻冬舎コミックス
「リンクスロマンス　小説原稿募集」係

LYNX ROMANCE イラストレーター募集

リンクスロマンスでは、イラストレーターを**随時募集**いたします。

リンクスロマンスから任意の作品を選び、作品に合わせた
模写ではないオリジナルのイラスト（下記各1点以上）を描いてご応募ください。
モノクロイラストは、新書の挿絵箇所以外でも構いませんので、
好きなシーンを選んで描いてください。

1 表紙用 カラーイラスト

2 モノクロイラスト（人物全身・背景の入ったもの）

3 モノクロイラスト（人物アップ）

4 モノクロイラスト（キス・Hシーン）

募集要項

＜応募資格＞

年齢・性別・プロ・アマ問いません。

＜原稿のサイズおよび形式＞

◆Ａ４またはＢ４サイズの市販の原稿用紙を使用してください。
◆データ原稿の場合は、Photoshop（Ver.5.0 以降）形式でＣＤ－Ｒに保存し、出力見本をつけてご応募ください。

＜応募上の注意＞

◆応募イラストの元としたリンクスロマンスのタイトル、あなたの住所、氏名、ペンネーム、年齢、電話番号、メールアドレス、投稿歴、受賞歴を記載した紙を添付してください（書式自由）。
◆作品返却を希望する場合は、応募封筒の表に「返却希望」と明記し、返却希望先の住所・氏名を記入して返送分の切手を貼った返信用封筒を同封してください。

＜採用のお知らせ＞

◆採用の場合のみ、６カ月以内に編集部よりご連絡いたします。
◆選考に関するお電話やメールでのお問い合わせはご遠慮ください。

宛先

〒151-0051 東京都渋谷区千駄ヶ谷 4－9－7
株式会社　幻冬舎コミックス
「リンクスロマンス　イラストレーター募集」係

この本を読んでの
ご意見・ご感想を
お寄せ下さい。

〒151-0051
東京都渋谷区千駄ヶ谷4-9-7
(株)幻冬舎コミックス　リンクス編集部
「妃川《ひめかわ》 螢《ほたる》先生」係／「古澤《ふるさわ》エノ先生」係

リンクス ロマンス

悪魔侯爵と白兎伯爵

2014年12月31日　第1刷発行

著者……………妃川《ひめかわ》 螢《ほたる》
発行人…………伊藤嘉彦
発行元…………株式会社　幻冬舎コミックス
〒151-0051　東京都渋谷区千駄ヶ谷4-9-7
TEL 03-5411-6431（編集）
発売元…………株式会社　幻冬舎
〒151-0051　東京都渋谷区千駄ヶ谷4-9-7
TEL 03-5411-6222（営業）
振替00120-8-767643
印刷・製本所…株式会社　光邦
検印廃止

万一、落丁乱丁のある場合は送料当社負担でお取替致します。幻冬舎宛にお送り下さい。本書の一部あるいは全部を無断で複写複製（デジタルデータ化も含みます）、放送、データ配信等をすることは、法律で認められた場合を除き、著作権の侵害となります。定価はカバーに表示してあります。
©HIMEKAWA HOTARU, GENTOSHA COMICS 2014
ISBN978-4-344-83308-1 C0293
Printed in Japan

幻冬舎コミックスホームページ　http://www.gentosha-comics.net

本作品はフィクションです。実在の人物・団体・事件などには関係ありません。